古代文史名著选译丛书

主编 章培恒 安平秋 马樟根

吴伟业诗选译

修订版

译注 黄永年 马雪芹

审阅 安平秋

凤凰出版传媒集团 凤凰出版社

图书在版编目（CIP）数据

吴伟业诗选译 / 黄永年，马雪芹译注. -- 南京 ：
凤凰出版社，2011.5
（古代文史名著选译丛书）
ISBN 978-7-5506-0352-3

Ⅰ. ①吴… Ⅱ. ①黄… ②马… Ⅲ. ①古典诗歌—诗集—中国—清代 Ⅳ. ①I222.749

中国版本图书馆CIP数据核字(2011)第042267号

书　　名 吴伟业诗选译
译 注 者 黄永年 马雪芹
责任编辑 郭馨馨
出版发行 凤凰出版传媒集团
凤凰出版社(原江苏古籍出版社)
南京市中央路165号 邮编 210009
发行部电话025-83223462
集团网址 凤凰出版传媒网 http://www.ppm.cn
照　　排 江苏凤凰制版有限公司
印　　刷 江苏凤凰通达印刷有限公司
南京市六合区冶山镇 邮编 211523
开　　本 960×1304毫米 1/32
印　　张 9.625
字　　数 156千字
版　　次 2011年5月第1版 2011年5月第1次印刷
标准书号 ISBN 978-7-5506-0352-3
定　　价 20.00元
（本书凡印装错误可向承印厂调换，电话:025-57572508）

《古代文史名著选译丛书》编委会

《古代文史名著选译丛书》修订版
出版说明

呈献在读者面前的这套《古代文史名著选译丛书》是 2011 年的修订版。全书共 134 册，包括了中国从先秦至清末两三千年间的著名典籍。每部典籍都选其精粹(《论语》《老子》则全文收录)，收录原文，加以简明的注释，力求准确地译为现代汉语，并于每一篇之前写有对该文的提示性说明。这是近一个世纪以来，规模最大、收录种类相对齐全、译注质量较高的一套普及传统文化的今译丛书。

这套丛书，原在 1992 年—1994 年由巴蜀书社分三批出齐，印行过万套；不久，又由台湾的出版机构买去海外版权在台湾及海外发行，可见这套丛书当年在两岸受欢迎的程度。时隔 17 年，丛书编委会决定重新修订，改由江苏凤凰出版集团所属的凤凰出版社出版。

这套丛书是由教育部属下的全国高等院校古籍整理研究工作委员会（简称古委会）于1985年策划的。古委会组织了全国18所大学的古籍整理研究所的所长任编委会编委，由我们三人任主编，在全国范围内选请学有专长的学者承担各书的译注。从1986年—1992年，历时7年完成。当时，编委会制订了严明、可行的体例和细则，译注者按要求完成书稿。每部书稿完成后，都在全国范围内请编委会之外的专门研究这一学术领域的两位专家初审，合格后再请两位编委参照初审意见审改，然后退还原译注者改正。待原译注者改正后，再由编委会集中常务编委和部分编委、相关专家在一地将每部书稿从头至尾审改。这样的集中审稿会一般都在8—15天，7年中开了12次审改会。审改后，三位主编再集中在一起逐一审定，交付出版社。这一工作程序，使得这套丛书的译注质量有了一定的提高。所以，这套丛书，在一定程度上是个人与多人合作的结果。关于这套丛书的编纂始末，我们曾在1992年4月全书交稿后写有一篇文章，这次附在修订版书末，便于读者了解。

这次修订，是交由原译注者自己修改。少数译注者已去世，则书稿一仍其旧。个别译注者已联系不上，也保持原貌。

1992年—1994年出版时，书前有当时古委会主任周林先生写的序。周林先生是这一丛书的发起者。他已于1997年6月去世，至今已14年了。为了尊重历史，也为了纪念他，修订版仍用他的序。

我们三人在1985年—1992年主持这套丛书工作时，年龄大的是从51岁到58岁之间，年龄小的是从44岁到51岁之间，那时尚有精力组织、参与这一工作，今天我们都已年逾古稀。全书修订版出版之际，心情似乎比当年更惴惴不安地期待着读者的评头品足，期待着不要对读者贻误太多。

回想这套丛书，真应该感谢我们的祖先为我们留下了这样深厚、丰富的思想、文化遗产，使我们今天仍然受用无穷。应该感谢这套丛书的全体译注者、审阅者、编委和当年的出版者巴蜀书社、今天的出版者凤凰出版社，是他们的学识、辛勤与真诚使得这套丛书得以面世。

章培恒　马樟根　安平秋

2011年3月15日

序

《古代文史名著选译丛书》与广大读者见面了。这是丛书编委会的同志与众多专家学者通力协作、辛勤耕耘的结果。

中华民族在五千年漫长的岁月里，创造了光辉灿烂的文化，给人类留下了丰富的精神财富。“观今宜鉴古，无古不成今”。今天，以马克思主义的科学理论为指导，整理研究我国古代文化典籍，做到汲取精华，剔除糟粕，古为今用，推陈出新，使人们在正确认识民族历史的同时，得到爱国主义的教育，陶冶道德情操，提高全民族的文化素质，促进社会主义文化的繁荣，使文明古国的历史遗产得以发扬光大，这是我们每个炎黄子孙的责任。而要做到这样，对古籍进行整理与研究是重要的基础工程。但是，整理与研究古籍仅作标点、校勘、注释、辑佚还不够，还要有今译，使老年人、中年人、青年人都愿意去读，都能读懂，以便从中得到教益。

基于以上认识，全国高等院校古籍整理研究工作委员会于1986年5月组成了以章培恒、安平秋、马樟根三位同志为主编的《古代文史名著选译丛书》编委会，确定了以全国十八所大学的古籍整理研究所为主力承担这一看似轻易、实则艰巨的今译任务。在第一次编委会议上，拟定了《凡例》、《编写与审稿要求》、《文稿书写格式》和一百余种书目。以每一种书为十万至十五万字计算，这套丛书大约有一千余万字，应该说是一项大工程。经过一年的努力，完成了第一批三十六部书稿的译注任务。在各研究所的专家与所长把关的基础上，于1987年5月和7月，先后在复旦大学、北京大学召开了部分编委参加的审稿会，通过了二十五部书稿，作为《古代文史名著选译丛书》与广大读者见面的第一批作品。与此同时，在1987年7月6日，邀请了在京的十几位专家教授与编委会十几位编委一起座谈这套丛书与古籍今译的问题。专家们肯定了今译工作的必要性与深远意义，并以他们数十年的教学科研和创作的经验，说明今译是一项难度很大的工作，是培养人才，使之打下坚实基本功的一种有效方法；专家们还对《古代文史名著选译丛书》提出了宝贵的建议，这对当时的审稿工作和保证《丛书》的质量起了很好的作用。

实践证明，古籍的今注不易，今译更难。没有对作品的深入、透彻的研究，没有准确、通俗、生动的语言表达能力，要想做好今译是不可能的。两年多来，全国高等院校古籍整理研究工作委员会在探索古籍的今注、今译的道路上，做了一些工作。这部丛书的出版，是系统今译的开始，说明古籍整理研究工作有了新的进展。更可喜的是，一批中青年学者参加了今注今译工作，为古籍整理增添了新生力量，相信他们会在实践中，在学习中，成长成熟。我希望，这套丛书的编委会和高校各古籍整理研究所要敞开大门，加强同国内外专家学者的联系，征求他们和广大读者的意见，并向有真才实学而又适宜做今译工作的专家学者约稿，以提高古籍译注的水平，使《古代文史名著选译丛书》的第二批、第三批作品的质量更上一层楼。

这是一套以文史为主的大型的古籍名著今译丛书。考虑到普及的需要，考虑到读者对象，就每一种名著而言，除个别是全译外，绝大多数是选译，即对从该名著中精选出来的部分予以译注，译文力求准确、通畅，为广大读者打通文字关，以求能读懂报纸的人都能读懂它。我希望这套丛书能成为中小学教师的语文、历史教学的参考书，成为大专院校学生的课外读物，成为广大文史爱好者的良师益友。由于系统的古籍今译工作还刚刚起步，这套丛书定会有不少缺点、错误，也诚恳地希望读者批评指正。

巴蜀书社要我为这套丛书写序，我欣然接受了。我相信这套丛书不仅会使八十年代的人们受益，还将使子孙后代受益，它将对祖国的繁荣昌盛起到点滴的作用。最后借此机会向曾给予我们支持、帮助的专家学者和巴蜀书社的同志表示衷心的感谢！并殷切地希望台湾同胞、港澳同胞、海外侨胞和我们一同做好祖先留给我们的文化遗产的整理工作，为中华民族灿烂的文化再放异彩而努力！

周　林

1987年10月于北京

目　录

前言 …… 001
永和宫词 …… 001
鸳湖曲 …… 021
鸳湖感旧 …… 029
后东皋草堂歌 …… 032
圆圆曲 …… 042
杂感 …… 054
送杜公弢武归浦口 …… 068
自叹 …… 077
钟山 …… 080
台城 …… 083
国学 …… 086
观象台 …… 089

鸡鸣寺 …… 092
功臣庙 …… 095
玄武湖 …… 098
秣陵口号 …… 101
遇南厢园叟感赋八十韵 …… 103
扬州 …… 120
过淮阴有感 …… 130
读友人旧题走马诗于邮壁漫次其韵 …… 135
将至京师寄当事诸老 …… 141
读汉武帝纪 …… 149
萧何 …… 151
偶得 …… 153
松山哀 …… 155
宣宗御用戗金蟋蟀盆歌 …… 161
怀古兼吊侯朝宗 …… 175
银泉山 …… 178
读史偶述 …… 185
即事 …… 192
悲歌赠吴季子 …… 200
咏拙政园山茶花并引 …… 206
过中峰礼苍公塔 …… 216
白燕吟并引 …… 220
茸城行 …… 229

仿唐人本事诗 …………………………………… 242
临终诗 ………………………………………… 248
吴伟业生平简表 ………………………………… 252

编纂始末 ………………………………………… 001
丛书总目 ………………………………………… 001

前　言

这是一册吴伟业诗选的注译本。

吴伟业(1609—1671),字骏公,晚年自号梅村,明南京苏州府太仓州人[①],明崇祯四年(1631)殿试第二名及第,授翰林院编修,累官至左庶子,南明弘光朝曾拜为少詹事。清顺治十年(1653)召授秘书院侍讲,后升国子监祭酒。顺治十三年(1656)丁母忧,后来不再出仕。康熙十年(1671)卒。吴伟业是清初的一位大诗人。乾隆时编辑《四库全书》,他的

① 明南京苏州府太仓州:入清为江苏省苏州府太仓州,雍正后为江苏省太仓直隶州,入民国废州改县,成为今江苏太仓市。

诗文集《梅村集》被收入且居清人集子的首位。清代史学家兼诗人赵翼撰写《瓯北诗话》，重点评讲了李白、杜甫等十位大诗人，吴伟业也名列其中。他本是明末遗老，乃复社创始人张溥的学生，也是复社的中坚分子。明亡后被迫出仕清朝，但他仍心系明室，满怀故国之思。后借丁母忧，从此不复出仕，隐居太仓十五年方始辞世。他在晚年对仕清这段经历一直深感内疚，最后在《临终诗》（其一）中还沉痛地自责说："忍死偷生廿载余，而今罪孽怎消除？受恩欠债应填补，总比鸿毛也不如。"并且嘱咐"死后敛以僧装"，"其前立一圆石曰'诗人吴梅村之墓'"。于此，我们亦可见其深自愧悔和不忘前朝的心迹。本书所选诗篇多为诗人在明清易代之际及入清之后所作，从内容来看，其中既有诗人对明代兴亡及往事的悼念和感慨，也有从亡国之痛中触发的对故国的怀念与追思。还有的诗，对吴三桂、洪承畴等的丑恶行径进行了斥责，有的对清初虐政表示了不满。总之，从这些作品中，我们可以感受到在诗人心灵深处一直潜藏着激烈的冲突和巨大的痛苦，这特别在他的《临终诗》（其三）中更有展示，他痛切地说："胸中恶气久漫漫，触事难平任结蟠。

魂垒怎消医怎识，惟将痛苦付汍澜。”这可说是充分坦露出了诗人那满腔无法排解的悲愤心情。有人曾将他况之庾信，因其易代后所作多悲凉幽愤之音，亦寄哀忆江南、感伤遭遇之思也。

下面再讲文学，再谈吴伟业的诗。

谈诗，当然首先令人想到唐诗。所谓唐诗、宋词、元曲，还有明清小说，确实是我国文学史上的几颗大明珠。但有两点得弄清楚：一点是并非唐代所有的诗都好，宋代所有的词都好，都是上乘之作，其中蹩脚的、不堪卒读的仍不少。再一点是元明清以至现代人仍在填词，宋元明清以至现代人仍在吟诗，各个时代的诗、词以至其他体裁的作品都仍旧有好的，譬如毛泽东同志的某些诗词就是公认的佳作，并不因为不是唐诗、宋词而失去其地位。所以写文学史的在清代多写点《红楼梦》、《儒林外史》是可以的，但若要缘此而贬低其他诗、词、文章、戏曲，就失之片面了。

说具体点，吴伟业这位清初大诗人的诗好在哪里呢？这倒仍旧需要从唐诗说起。大家知道，唐代有位大诗人名叫白居易。他写的诗里有政治性颇强的五言古诗《秦中吟》和七言古诗《新乐府》，近若干年来颇为人们所推崇。但真正脍炙人口的恐怕还要推他的《长恨歌》和《琵琶行》，这在七言古诗中是一种别开生面的新写法，即一首长诗专写一个人或一件事，而此人此事又具有一定的故事性，使人们读了兴味倍增。据传唐宣宗吊白居易的诗里就说“童子解吟《长恨》曲，胡儿能唱《琵琶》篇”，可见这种新体长诗是何等受人欢迎。但能写这种长诗的人就在唐代也并不多，著名的除白居易外只有他的好朋友元稹①，曾写过《连昌宫词》，稍后则有杜牧的《杜秋娘诗》（不过这是用五言古诗写的）和韦庄的《秦妇吟》。唐以后的诗未能遍读，记忆中北宋晁补之的《芳仪怨》和元末高启的《听教坊旧妓郭芳卿弟子陈氏歌》差可继武。再往下数就允推清初的吴伟业了。而且，前面几位诗人都并非专以写这种长诗见长，即使白居易，除《长恨歌》、《琵琶行》外，更多的诗是其他体裁，元稹所擅长的更是七言律诗和五言排律而决非以《连昌宫词》为压卷。吴伟业则和这些前朝诗人不同，在他几十年的创作岁月中，像是动用了主要精力来写这种元白体的七言长诗，

① 稹（zhěn 诊）。

其篇数之多绝非前朝诗人之仅得一二首之可比拟。其中如本《选译》入选的包括前面提到过的《永和宫词》、《圆圆曲》以及《鸳湖曲》、《后东皋草堂歌》、《送杜公弢武归浦口》、《松山哀》、《宣宗御用戗金蟋蟀盆歌》、《银泉山》、《悲歌赠吴季子》、《咏拙政园山茶花》、《白燕吟》、《芦城行》等等，很久以来就是人们喜爱的名篇，此外这样的名篇在吴诗里至少还有十七八首，只因本《选译》字数有限制，只好割爱而未能入选，这还不包括反对农民起义不宜入选的《雁门尚书行》等。前面说过赵翼把吴伟业列为所评讲十大诗人之一，也正是看上了他这几十首长诗，这确实是我国诗歌领域的一大财富。吴伟业以后仍有人写这一类的诗，有名的如晚清王闿运的《圆明园词》和樊增祥的《彩云曲》，还有民国初年王国维先生的《颐和园词》，但他们的写作数量和作品知名度仍不能和吴伟业比拟。因此可以说，吴伟业在写作这种长诗上是最有成就的一大作家，把他的诗列入《选译丛书》也就出于这个原因。

当然也有人从艺术角度对吴伟业这些长诗表示不满，如在清代就有人说这些诗像“弹词”。所谓弹词，本是一种曲艺形式，有说有唱，唱时弹起三弦或琵琶、月琴，唱词则一般七字成句，唱本长的几十本一部，大讲其情节细致曲折的故事。过去把这种弹词看成不登大雅的东西，所以说吴伟业的长诗像弹词是一种轻蔑。但今天弹词已成为文艺，大学者陈寅恪先生也曾为清代女作家陈端生的弹词《再生缘》撰写专文，并指出无论清人的弹词、白居易的《长恨歌》、《琵琶行》都和唐代流行的佛教讲唱文学“俗讲”有渊源，因此即使吴伟业的诗等同于弹词也无损其价值。何况吴诗毕竟出于大作家之手，较之弹词总有高下之别。再一种议论是嫌吴伟业的诗用典故太多，如王国维先生在《人间词话》中说：“以《长恨歌》之壮采，而所隶之事只‘小玉’‘双成’四字，才有余也，梅村歌行则非隶事不办①，白、吴优劣，即于此见。”其实诗之优劣决定于思想内容与技巧，和用典故与否不一定有关系。以王先生自己的《颐和园词》为例，从第一句“汉家七叶钟阳九”开始就用了一连串典故，而不失其为好诗。相反，清高宗弘历的诗倒很少用典故，但伧俗得叫人实在念不下去。这正如一位美人淡妆固美，浓抹也很可爱；

① 隶事：即用典故。

如果本身长得不美则无论淡妆浓抹都无法令人生爱。只是读用典故多的诗要多出气力，譬如要出气力把典故查清楚，或者认真看这本《选译》里的注。但想不出一点气力就把文化遗产接受下来，世界上恐怕没有这么便宜的事。

当然，为了帮助读者，使读者阅读这本吴伟业诗不过多地花费气力，还是应该选得好一些、注得、译得好一些。为此，有这么一些考虑。

先讲依据的本子。吴伟业诗最早的本子是清康熙七年(1668)吴氏原刻本，有诗十八卷、词二卷、文二十卷，诗是分体而非编年。以后乾隆时程穆衡笺、嘉庆时杨学沆补注的《吴梅村诗集》①，乾隆时靳荣藩辑注的《吴诗集览》、嘉庆时吴翌凤的《梅村诗集笺注》都根据康熙原刻，只是前两家兼注词而吴翌凤未兼注，又程穆衡把原诗改编成编年且于文字上有所更正。此外，清宣统三年(1911)董康又根据旧抄足本刊刻了一部《梅村家藏稿》，增多了一些诗篇。这个《选译》选的诗基本上出于原刻，少数用《家藏稿》增补，文字则不拘一本，择善而从。

① 沆(hàng航去声)。

再说选哪些诗。上面说过,吴伟业所以成为大诗人是因为他写了那些长诗,所以这本《选译》以选他的七言古诗为主。此外他的七言律诗、七言绝句也很不错,所以也选得比较多。至于五言古诗,相形之下似较少特色,五言律诗、绝句的成就更为一般,这里各选一二首以备一格。还有六言绝句和五言排律,在吴诗中所占分量更少,就索性不选了。这样选出来有三十七题六十五首,在现存吴诗中虽只是一小部分,但精华多已入选,基本上可以满足读者需要。

吴伟业的诗有个特点,即内容都比较充实,不仅长的七言古诗如前所说都写了人和事,其他律诗、绝句也无不如此,很少有空泛的应景文字。因此每首诗前的提示都得着重讲清楚题旨和写作意图,并尽量考出写作的年月。考年月的工作程穆衡已做了一些,但比较粗,还有不少错误。这里几乎都重新考过,并按照所考得的给这入选的三十七题重新作了编年。

最麻烦的仍是作注。注诗本难于注文,何况吴伟业的诗有那么多的典故。程穆衡等三家旧注自然可供参考,但有好些地方并不确切,需要重新注过。而且我发现吴诗用典还有其独特的方法，即往往不简单地引用而要借用。如《杂感》十八讲吴三桂、陈圆圆的七言律诗的颈联是“取兵辽海哥舒翰，得妇江南谢阿蛮”，过去有人认为典故用得不当，哥舒翰并未取兵辽海，谢阿蛮并非生长江南。其实说哥舒翰只是借用这个降将来指同为降将的吴三桂，是“取兵辽海吴三桂”；说谢阿蛮只是借用这名歌妓来指同为歌妓的陈圆圆，即“得妇江南陈圆圆”，这并非吴伟业用典不当而是后人没有读懂它。又如《茸城行》说“学士挥毫清秘楼，征君隐几逍遥谷”，这学士是明末的董其昌，而清秘阁却是元末倪瓒的楼阁，征君是明末的陈继儒，而逍遥谷是唐初潘师正的隐居处，好像又是用典不当，其实只要解释为董其昌在清秘阁那样的地方挥毫，陈继儒在逍遥谷那样的地方隐居就行了，死扣反而讲不通。还有些地方所用典故本来好懂，但旧注没有仔细体会诗意，往往注得不确切。如《国学》所说“伏挺徒增感遇心”，吴翌凤引《南史·伏挺传》说他“七岁通《孝经》、《论语》，及长，博学有才思，三世同时聚徒教授，罕有其比，除南台御史，被劾惧罪，乃变服出家，遇赦还俗，侯景乱中卒”，靳荣藩也大体引这几句话，但这和“感遇”有什么关系？其实伏挺此人十八岁时就被梁武帝所识拔做官，吴伟业正是借用这点以自况，因为吴也是青年时就会试第一、殿试第二，算是受明思宗的识拔。于是这条就得重新注，旧注完全用不上。所以这本《选译》在注上是下了功夫的，自我感觉比三家旧注有所提高，还不仅是注语用了白话比文言的旧注好懂。

译吴诗比注倒还容易些，只是要译得很富诗意则不容易。因为白话诗的构思、写作和旧诗不是一个路子，要富诗意只有不管原诗的结构语句，来个彻底重写。但这样诗意也许有了，却不再是今译而成为了创作，读者读了你的创作去看原诗仍旧看不懂。而这套《选译丛书》的目的是要读者读懂原文，欣赏原著，创作式的所谓今译岂非与此目的背道而驰。所以我只能采取直译方式，译文力求原诗的每个字都有着落，以便读者和原诗对看。当然，有些地方也不能不加进点原诗表面上没有的词语。因为这些旧诗的字数本有限制，每句或七字或五字，许多地方不能不有所省略。现在作今译，就需要体会原诗省略了哪一些，在译文中把它补出来。否则译文将似断似续、似通似不通，使读者仍难读懂。

读懂旧诗最好还要懂平仄、懂押韵。但这《选译》限于体例无法给读者讲平仄诗韵，也无法在注里写出这几句是押什么韵。读者要弄懂，可另找些诗韵书看，启功先生写过一小册《诗文声律论稿》，1977年中华书局出版，比较简明易看。

这本《选译》在最后附有《吴伟业生平简表》，把吴伟业一生的主要经历开列出来，以供读诗时查考。

这本《选译》是我和马雪芹合作撰写的。诗由我选定，提示和今译也由我撰写。注的工作最繁重，则由马雪芹写出初稿，我修改写定。《年表》也由马雪芹写初稿我改定。

黄永年（陕西师范大学古籍所）

马雪芹（杭州师范大学古代文学与文献研究中心）

永和宫词

这是一首以田贵妃为题材的七言古诗。田贵妃是明思宗朱由检的妃子,思宗当信王时就娶她为妾,当了皇帝后在崇祯元年封她为礼妃,崇祯十四年(1641)晋封为地位仅次于皇后的皇贵妃,崇祯十五年(1642)七月病死。这首诗看上去只像是对这位田贵妃的盛年早逝寄予同情,实际上是借此来抒写作者对明政权覆亡的哀思。永和宫位于皇宫紫禁城里的东二长街,是田贵妃居住的地方。唐代诗人元稹曾用《连昌宫词》作诗题写了歌咏唐玄宗和杨贵妃的长诗,因而吴伟业写这首诗也题为《永和宫词》。诗的结尾处讲到南明弘光政权及其溃灭,说明这首诗的写作应在弘光元年即顺治二年(1645)五月清兵攻占南京后不久。吴伟业这年三十七岁,已辞去了弘光朝的少詹事官职,住在家乡太仓州东的梅村。

扬州明月杜陵花①,夹道香尘迎丽华②。旧宅江都飞燕井③,新侯关内武安家④。

---

① 扬州:指当时南京扬州府府城,即今江苏扬州。杜陵:在今陕西西安东南。田贵妃本是陕西西安府人,上代因经商长住扬州。 ② 丽华:指南朝陈后主的贵妃张丽华。张丽华是著名的美人,但出身低微,所以这里用来指出身商贾家庭为当时社会所看不起的田贵妃。 ③ 旧宅江都飞燕井:江都是扬州府的所谓首县,县治就在府城内,称江都也就等于称扬州。飞燕是西汉成帝的皇后赵飞燕,也是著名的美人,据说出生在江都。这里借用来说在扬州城里还有田贵妃当年住过的房子、用过的井。 ④ 新侯关内武安家:武安指西汉景帝王皇后的同母弟武安侯田蚡(fén 坟),这里用来指同姓田的田贵妃之父田弘遇。关内本指关内侯,是西汉时居住京城长安并无封国的一种侯爵。田弘遇虽未封侯,但也因田贵妃的关系在北京做上了正一品的左都督,加之他又是西安人,在汉代属于关内地区,所以这里说“新侯关内”。以上第一段,讲田贵妃的出身。

雅步纤腰初召入，钿合金钗定情日①。丰容盛鬋固无双②，蹴踘弹棋复第一③。上林花鸟写生绡④，禁本钟王点素毫⑤。杨柳风微春试马，梧桐露冷暮吹箫。君王宵旰无欢思⑥，宫门夜半传封事⑦。玉几金床少晏眠⑧，

---

① 钿(diàn 店)合金钗：合通盒。钿合是螺钿装饰的圆形盒子，有上下两扇。金钗是黄金打成的插在妇女头发上的钗，分两股。唐人陈鸿的《长恨歌传》里说，唐玄宗曾把钿合和金钗赠予杨贵妃作纪念物。定情：男女婚配结合。 ② 鬋(jiǎn 剪)：下垂的鬓发。 ③ 蹴踘(cù jū 促拘)：古代的一种踢球游戏，在明代宫廷里很流行。弹(tán 谈)棋：本是古代的一种棋类游戏，唐以后被淘汰，连说法也失传。这里借用来指围棋。田贵妃是蹴踘和围棋的能手。 ④ 上林：上林苑，西汉时皇家的园林，在长安。这里借用来作为皇家园林的泛称。生绡(xiāo 消)：生丝织成的绢，古人常用来绘画，唐以后绘画虽多已用纸，但诗歌里还习惯称画家用生绡绘画。田贵妃也会绘画，能给花鸟写生。 ⑤ 禁本钟王：钟是三国曹魏时的钟繇(yáo 摇)，王是东晋的王羲之，都是大书法家。禁本是指宫禁里收藏的本子。"禁本钟王"指宫禁收藏的所谓钟王小楷之类，其实都是宋以后人所伪造的。素毫：干净的新笔。 ⑥ 宵旰(gàn 干)："宵衣旰食"的略语。宵是夜，宵衣是说天不亮就穿衣起身；旰是晚，旰食是说忙到天晚才吃饭。这都是过去歌颂君主勤于政事的专用词语。 ⑦ 封事：古代臣下上书奏事。封缄以防内容泄漏，叫封事。 ⑧ 玉几金床：唐以前人坐卧都用床，床前放几当后来的桌子用，《书·顾命》就有天子凭依"玉几"的话。这里的"玉几金床"是指皇帝凭倚着休息用的几和睡觉用的床。

陈娥卫艳谁频侍①。贵妃明慧独承恩，宜笑宜愁慰至尊②。皓齿不呈微索问，蛾眉欲蹙又温存③。本朝家法修清宴④，房帷久绝珍奇荐⑤。敕使唯追阳羡茶⑥，内人数减昭阳膳⑦。维扬服制擅江南⑧，小阁炉烟沉水含⑨。私买琼花新样锦⑩，自修水递进黄柑⑪。中宫谓得君王

---

① 陈娥卫艳：南朝梁江淹《别赋》有“桑中卫女，上宫陈娥”的话，这里泛指从各地弄到宫里来的妃嫔。 ② 至尊：古代对皇帝的一种称呼。 ③ 蛾眉：指女子弯长美丽的眉毛。蹙(cù促)：皱，收缩。 ④ 本朝：自己所处的朝代，这里指明朝。家法：封建时代家长为统治本家族而制定的规则，这里指明朝皇室内部的传统规则。宴：宴会。 ⑤ 房帷(wéi围)：帷是帐幔，房帷在这里指宫廷内皇帝后妃住的房室。荐：进献。 ⑥ 敕使：皇帝派出的使者。阳羡茶：阳羡是地名，即今江苏宜兴，自古以产茶著称。 ⑦ 内人：这里指宫女。昭阳：西汉时有昭阳殿，成帝时皇后赵飞燕曾住在这里，因而后人常用“昭阳”来称皇后居住的地方。 ⑧ 维扬：《书・禹贡》里有“淮海惟扬州”的话，后人就用“维扬”作为扬州的别称。擅：独揽，这里引申为压倒的意思。 ⑨ 小阁：当时田贵妃嫌宫殿过于高大，利用廊房隔成小房间居住。炉：熏炉，熏香用的炉。沉水：沉水香，也称沉香，是一种生长在印度、泰国、越南的木材，木心是著名的香料。 ⑩ 琼花：相传生长在扬州的一种奇花。田贵妃喜欢南方的锦绣，因为她生长在扬州，所以诗里把这锦绣说成是“琼花新样锦”。 ⑪ 水递：据说唐代宰相李德裕讲究吃水，把无锡惠山的泉水运到长安，叫水递。这里只是泛指水道运输。

意①,银镮不妒温成贵②。早日艰难护大家③,比来欢笑同良娣④。

奉使龙楼贾佩兰⑤,往还偶失两宫欢⑥。虽云樊嫕能辞令⑦,欲得昭仪喜怒难⑧。绿绨小字书成印⑨,琼函

---

① 中宫:本指皇后居住的地方,以后又作为皇后的代称,这里指思宗的周皇后。 ② 银镮(huán 环):镮同“环”。汉人说古代君主要在后妃中挑哪个陪夜,就给她个银镮套在手上,这里用“银镮”是指被宠幸,并非当时真有套银镮的制度。不妒温成贵:北宋时张贵妃受仁宗宠幸,而皇后并不妒忌。张贵妃死后赐谥温成。这里借用来指田贵妃,说田贵妃被思宗宠幸而周皇后不妒忌。 ③ 早日艰难护大家:古代皇帝身边的人称皇帝为“大家”。思宗当信王时周皇后曾和他共历艰难。 ④ 比:近来。良娣:本是古代太子妃妾的称号,这里借来称皇帝的妃嫔。以上第二段,讲田贵妃得到宠幸。 ⑤ 龙楼:西汉宫廷有龙楼门,这里借用来泛指宫廷。贾佩兰:据说是西汉高祖戚夫人的侍儿,这里借用来指宫女。 ⑥ 两宫:通常用来称皇帝和太后,或皇帝和太上皇,皇帝和皇后,或同时两位皇后,这里是指周皇后和田贵妃。 ⑦ 樊嫕(nì 溺):西汉成帝皇后赵飞燕的姑表妹,曾调解赵飞燕和飞燕妹昭仪赵合德之间的冲突。 ⑧ 昭仪:妃嫔的称号,西汉元帝时设置,当时的地位仅次于皇后。这里用来指田贵妃。 ⑨ 绿绨(tí 题):绨是古代的一种丝织品,绿绨是染成绿色,西汉时宫廷里有绿绨制作的书囊。这里借用来作为田贵妃上书思宗用的纸。

自署充华进①。请罪长教圣主怜，含辞欲得君王愠②。君王内顾惜倾城③，故剑还存敌体恩④。手诏玉人蒙诘问⑤，自来阶下拭啼痕。外家官拜金吾尉⑥，平生游侠多轻利⑦。缚客因催博进钱⑧，当筵便杀弹筝伎⑨。班姬才

---

① 琼函：琼是美玉，琼函指讲究的信函。充华：西晋时皇帝的妃嫔有所谓九嫔，充华是其中之一。这里借用来指田贵妃署上头衔姓名。 ② 愠(yùn 运)：恨，生气。 ③ 倾城：古人说美女能“倾国倾城”，后来就把“倾国”或“倾城”作为美女的代称。这里是指田贵妃。 ④ 故剑：西汉宣帝微贱时曾娶许广汉女，即位后大臣商议立皇后，宣帝下诏“求微时故剑”，大臣领会意思，就立许氏为皇后。后人因此就称结发之妻为“故剑”。敌体：彼此地位相当叫“敌体”，过去认为皇后和皇帝是敌体。 ⑤ 玉人：指像玉一般的美人，指田贵妃。 ⑥ 外家：女子出嫁后称娘家为“外家”。金吾尉：金吾是汉以来维持京城治安的机构，明代设有金吾卫。田弘遇做的左都督本非金吾尉长官，但在诗歌里可以随便通用。 ⑦ 游侠：秦汉时称轻生重义、勇于救人急难的叫“游侠”，后来这种人在社会上消失了，那些吃喝玩乐、行为不轨的人也被称为游侠，田弘遇就是后一种人物。 ⑧ 博进：赌博赢钱叫博进。 ⑨ 当筵便杀弹筝伎：西晋时王恺以豪侈著称，筵席上有个女伎笛子没吹好，被他当场打死。这里用来夸张田弘遇的豪侈，并非真有杀弹筝伎的事。筝是一种拨弦乐器，用手弹奏。

调左姬贤①，霍氏骄奢窦氏专②。涕泣微闻椒殿诏③，笑谈豪夺灞陵田④。有司奏削将军俸⑤，贵人冷落宫车梦⑥。永巷传闻去玩花⑦，景和门里谁陪从⑧。天颜不怿

① 班姬：是西汉成帝的妃嫔班倢伃（jié yú 洁于），以才德著称。倢伃也作“婕妤”，是妃嫔的称号。姬也是妃嫔妾侍等人的通称，所以这里可称班倢伃为“班姬”。左姬：是西晋武帝的左贵嫔，名芬，文学家左思之妹，也以才德著称。贵嫔也是妃嫔的称号。 ② 霍氏：是西汉宣帝后来的霍皇后的外家，骄奢豪侈，终于覆灭。窦氏：东汉和帝皇太后窦氏的外家，专擅政权，也终于覆灭。 ③ 椒（jiāo 焦）殿：汉代后妃住的地方以椒和泥涂墙，取其有香气，而且椒多子，还有祝颂多子的意思，这样“椒房”一词就成为后妃住处的通称和后妃的代称。这里的“椒殿”也就是椒房。 ④ 豪夺灞陵田：这是用西汉时武安侯田蚡曾想夺魏其侯窦婴田地的典故，以形容田弘遇的横行不法。但《史记·魏其武安侯传》和《汉书·灌夫传》都只说是“城南田”，这里为了和上句“椒殿诏”对偶改用“灞陵田”，其实灞陵在长安东北，不是城南。 ⑤ 有司：古代设官分职，各有专司，所以各种有专职的官都可通称为“有司”。将军：田弘遇所任左都督是高级武官，所以可称为“将军”。俸（fèng 奉）：俸禄，旧社会称官吏所得的薪金。 ⑥ 宫车：宫廷里的车子。古代皇帝在宫廷里乘车往来，西晋武帝就常乘羊拉的车子去妃嫔处。贵人冷落宫车梦：田贵妃当时被贬居启祥宫，三个月没被召见。 ⑦ 永巷：宫廷里的长巷。 ⑧ 景和门：明代皇后所住坤宁宫，左边的门叫景和门。

侍人愁①，后促黄门召共游②。初劝官家佯不应③，玉车早到殿西头④。

两王最小牵衣戏⑤，长者读书少者弟⑥。闻道群臣誉定陶⑦，独将多病怜如意⑧。岂有神君语帐中，漫

---

① 天颜：指皇帝的脸色。怿（yì 义）：喜悦。 ② 黄门：西汉时宫廷里有黄门令、中黄门等官职，都由宦官充任，所以“黄门”成为宦官的别称。 ③ 官家：古代对皇帝的一种称呼。佯（yáng 羊）：假装。 ④ 玉车：指宫廷里后妃用的车子。以上第三段，讲田贵妃和周皇后、思宗之间的矛盾与调和。 ⑤ 两王：田贵妃生四个儿子，即思宗的第四子永王慈焕，第五子悼灵王，第六子悼怀王和第七子。第六子两岁夭折，第七子三岁夭折，和第五子名字都已不可考（以上是据已故明史专家孟森先生《明烈皇殉国后纪》中的考证，《明史》所说有错误）。这里的“两王”指第四子慈焕和第五子。 ⑥ 弟（tì 替）：同“悌”，敬爱兄长叫悌。 ⑦ 群臣誉定陶：定陶王是汉元帝的孙儿，看到成帝没有儿子，想入继帝位，贿赂成帝的赵昭仪和大臣，让他们称誉自己。用在这里是指当时群臣称誉慈焕。 ⑧ 多病怜如意：如意是西汉高祖戚夫人之子，受高祖的爱怜。但如意并非多病，这里是指思宗爱怜多病的第五子。

云王母降离宫[1]。巫阳莫救仓舒恨[2]，金锁雕残玉筯红[3]。从此君王惨不乐，丛台置酒风萧索[4]。已报河南

① 岂有神君……降离宫：第五子五岁时病重，忽然对思宗说，九莲菩萨讲的，皇帝对外戚太薄情了，要罚皇子都夭折掉！这九莲菩萨是明神宗之母李太后，她迷信佛教，她的画像画在九个莲座上，宫里叫她九莲菩萨。第五子很快死去，思宗还认为这个儿子灵异，封他为悼灵王。其实，这些话无非是小孩病危时说的胡话，吴伟业就不相信真有什么九莲菩萨叫传话，所以说这是"岂有"，是"漫云"，"漫云"就是乱说的意思。神君，是西汉武帝时上郡巫所祀的神，常在晚上来到帷帐后面和武帝说话，见《史记·封禅书》，这当然是上郡巫在装神弄鬼。王母，是秦汉神话中的西王母，《汉武帝内传》记载她下降宫廷向武帝传授仙道，这当然也是后人的胡乱编造。离宫，皇帝正宫以外临时居住的地方，这里只是作诗时随便使用，并非真降在哪个离宫。 ② 巫阳：古代名叫阳的巫，能招魂，见《楚辞·招魂》。仓舒，魏武帝曹操的儿子，十三岁病死，曹操极为悲痛。这里用来指夭折的悼灵王。③ 金锁：这里用来指悼灵王，有无典故已不清楚，可能是由于娇贵的孩子过去常戴金锁的缘故。玉筯（zhù 住）红：筯也作"箸"，即后人所说的筷子。玉筯是美女的眼泪的代称，红是说哭出血来。 ④ 丛台置酒：丛台在今河北邯郸，传说是战国时赵王筑的台，汉文帝有个妃嫔叫慎夫人，是邯郸人，这里用来指田贵妃。丛台置酒，就是说思宗在田贵妃处喝酒。萧索：萧条，冷落。

失数州①,况经少子伤零落②。贵妃瘦损坐匡床③,慵髻啼眉掩洞房④。豆蔻汤温冰簟冷⑤,荔支浆热玉鱼凉⑥。病不禁秋泪沾臆⑦,徘徊自绝君王膝⑧。苔没长门有梦

① 已报河南失数州:李自成农民军在崇祯十四年(1641)正月攻克洛阳,杀福王常洵,九月攻克项城、叶县,十一月攻克南阳,杀唐王聿镆,十二月攻克洧州、许州、长葛、鄢陵,十五年(1642)三月攻克陈州、睢州、太康、宁陵、考城、归德,都在河南省内。吴伟业站在封建地主阶级立场上,说是"河南失数州"。 ② 零落:这里是死亡的意思。 ③ 匡床:方正安适的床。 ④ 慵髻(jì 计)啼眉:东汉时权贵梁冀之妻孙寿会梳妆打扮,弄出愁眉、啼妆、堕马髻之类。这里用来形容田贵妃又瘦又忧愁,流着眼泪连发髻也顾不上梳。洞房:深邃的内室。 ⑤ 豆蔻汤:豆蔻是一种植物,种子可作药用。汤温:据说赵飞燕曾用豆蔻汤洗澡。冰簟(diàn 店):簟是供坐卧用的竹席,冰簟就是凉席。 ⑥ 玉鱼凉:据说杨贵妃因爱吃荔枝,肺热,常口含玉鱼取凉。这两句是说到夏天田贵妃病势已沉重,用种种高贵的东西也无从挽救。 ⑦ 病不禁(jīn 今)秋:田贵妃在崇祯十五年(1642)七月十六日病死,刚到秋天,所以说"病不禁秋"。这禁是"弱不禁风"的"禁",受得了的意思。臆(yì 亿):胸。 ⑧ 徘徊:这里是宛转、辗转的意思。绝:这里是死的意思。自绝君王膝:西晋武帝的杨皇后病死在武帝膝上,这里用此典故。

归，花飞寒食应相忆①。玉匣珠襦启便房②，《薤歌》无异葬同昌③。君王欲制《哀蝉赋》④，诔笔词臣有谢庄⑤。

头白宫娥暗嚬蹙⑥，庸知朝露非为福⑦。宫草明年

① 苔没长门……应相忆：这两句是田贵妃临死时对思宗说的话。西汉武帝的陈皇后曾失宠住长门宫，请司马相如写了篇《长门赋》，武帝读了又重新宠爱陈皇后。这里借用来指田贵妃生前居住的永和宫。农历清明前一天叫寒食节，唐人韩翃（hóng 宏）有“春城无处不飞花，寒食东风御柳斜”的诗句，所以这里说“花飞寒食”。 ② 玉匣珠襦（rú 如）：汉代皇室贵族死后穿的衣服，用珠玉穿金线制成，马王堆出土的金镂玉衣就是一种。明代已不用这种东西，这里只是借用来形容田贵妃殓服的华丽高贵。便房：古代帝后贵族坟墓中供休息用的小室，这里泛指墓中的房室。 ③《薤（xiè 谢）歌》：《薤露歌》，古代送王公贵人出殡的挽歌，说人生短促像薤叶上的露水一样，见太阳就消失。葬同昌：唐懿宗爱女同昌公主死后，懿宗给她操办了盛大的葬仪，还亲自写了挽歌。 ④《哀蝉赋》：据说汉武帝在他心爱的李夫人死后，曾赋《落叶哀蝉曲》来悼念。 ⑤ 诔（lěi 磊）笔词臣有谢庄：谢庄是南朝刘宋时的文学家，刘宋孝武帝的殷贵妃死后，谢庄曾奉命写了篇诔，诔是哀祭文的一种。以上第四段，从田贵妃的爱子夭折讲到她的病逝。 ⑥ 嚬（pín 贫）蹙：也写作“颦蹙”，皱眉蹙额。 ⑦ 庸：怎么。朝（zhāo 招）露：早晨的露水。形容事物存在的短促，包括人的生命的短促，这里是指田贵妃生命的短促。

战血腥①,当时莫向西陵哭②。穷泉相见痛仓黄③,还向官家问永王④。幸免玉环逢丧乱⑤,不须铜雀怨兴亡。自古豪华如转毂⑥,武安若在忧家族⑦。爱子虽添北渚

---

① 宫草明年战血腥:崇祯十七年(1644)三月十八日傍晚,李自成农民军攻进北京外城,思宗迫令周皇后自杀,还杀了几个妃嫔,袁贵妃先自缢未死又被思宗斩死,小女儿昭仁公主也被斩死,大女儿长平公主被斩断右臂未死。十九日拂晓农民军进内城。思宗在煤山自缢。所以实际上并无“战血”,只是做起诗来可随便说。 ② 当时莫向西陵哭:魏武帝曹操的遗令中叫身前侍候过他的婕妤伎人时常登铜雀台看望他的西陵墓田。思宗和周皇后的棺木被埋葬进昌平县的田贵妃坟墓里,但已不能像曹操身后那样还有宫人去看望墓田,所以说“当时莫向西陵哭”。 ③ 穷泉:古时汉族一般土葬,人死埋在地下,地下有水,所以说人死后归于“泉下”,归于“黄泉”、“穷泉”。仓黄:也作“仓皇”,匆忙,慌张。 ④ 官家:南北朝以来对皇帝的一种称呼,这里指思宗。永王:永王慈焕先到李自成军中,后来流落在外,教书为生,到清康熙四十七年(1708),他七十六岁时被清政府捕获杀害(这也是根据孟森先生的考证,吴伟业当时只知道永王下落不明)。 ⑤ 玉环逢丧乱:杨贵妃小名叫玉环,天宝十五载(756)随唐玄宗等避安禄山乱军走到马嵬驿,在禁军发动的政变中被缢死。 ⑥ 转毂(gǔ 谷):毂本是车轮中心的圆木,中间可插进车轴,一般也用来作为车轮的代称。转毂就是车轮转一下,形容转变之快。 ⑦ 武安若在忧家族:西汉武安侯田蚡生前曾受贿赂支持淮南王刘安,后来刘安的谋划败露,汉武帝说,如果武安侯还活着,就得族诛了!这里的“家族”就是全家族诛的意思。族诛,就是一人有了罪,要把父母兄弟妻子等都连带杀掉。当时田贵妃之父田弘遇已先死去,所以诗里说“武安若在”的话。

愁①，外家已葬骊山足②。夜雨椒房阴火青③，杜鹃啼血濯龙门④。汉家伏后应同恨，止少当年一贵人⑤。碧殿凄凉新木拱⑥，行人尚识昭仪冢⑦。麦饭冬青问茂

---

① 北渚愁：《楚辞·九歌·湘夫人》有“帝子降兮北渚，目眇眇兮愁予”的话，这“帝子”旧注本说是尧的女儿，这里借用来指下落不明的永王。“北渚愁”是借用《湘夫人》这两句说成思念爱子的忧愁。 ② 葬骊山足：《史记·李斯传》说，秦二世听信赵高，诛杀大臣和宗室，有个公子高怕被族诛，上书自愿死去，死后“愿葬骊山之足”以追随秦始皇帝。这里是借用此典故，说田弘遇已先死去，并安葬在昌平明陵附近，而非真说葬到陕西临潼的骊山山脚下去。 ③ 阴火：鬼火，实即磷火。 ④ 杜鹃啼血：杜鹃是一种鸟，古人认为它是古蜀王变的，啼叫时口中滴血，所以诗词中讲到伤心的地方常用“杜鹃啼血”的话。濯（zhuó 浊）龙门：濯是洗的意思，这里可理解为染红。龙门本是东汉时洛阳皇宫的一个门，这里借用指北京明宫的宫门。 ⑤ 汉家伏后……一贵人：东汉献帝的董贵人和伏皇后先后被曹操杀死，这里以周皇后比伏皇后，而田贵妃幸好先死，没有落到董贵人那样的悲惨下场，所以说“止少当年一贵人”（最初的本子上还直接写作“止少当年董贵人”）。 ⑥ 碧殿：指田贵妃墓前的供祭享的建筑，碧是青绿色，当是因为这些建筑用绿琉璃瓦，所以这里称之为“碧殿”。新木拱：新木是田贵妃墓前新栽的树，树干有两手合握粗细叫“拱”。新木不会很快成拱，这是诗的夸张。 ⑦ 行人尚识昭仪冢：昭仪指田贵妃。这时思宗、周皇后都已和田贵妃葬在一起，但人们仍知道它本是田贵妃的坟墓，所以说“行人尚识昭仪冢”。冢，就是隆起的坟墓。

陵①,斜阳蔓草埋残垅②。

昭丘松槚北风哀③,南内春深拥夜来④。莫奏霓裳

① 麦饭冬青问茂陵:五代后唐明宗的王淑妃在被杀前说:"吾家母子何罪?何不留吾儿使每岁寒食持一盂饭洒明宗坟上。"见《新五代史·唐家人传》。南宋刘克庄有"汉寝唐陵无麦饭"的诗句。这里的"麦饭"就用这些典故。"冬青"是用元僧杨涟真珈(jiā 家)发掘南宋诸帝陵墓、义士唐珏(jué 决)和林景曦(xī 希)安埋残骨并种上冬青树的典故。茂陵,本是汉武帝陵墓的名称,这里借用来指已葬进思宗的田贵妃坟墓。这句诗的意思是说思宗和田贵妃的陵墓有没有人去祭祀,有没有被破坏。 ② 垅(lǒng 拢):同"垄",坟墓。以上第五段,讲明北京政权的覆亡。 ③ 昭丘松槚(jiǎ 假)北风哀:昭丘相传在湖北当阳,是楚昭王的墓,楚昭王时国都曾被吴国攻占,但他还有能力复国。这里说"昭丘松槚北风哀",是讲在清兵压力下恢复明朝统治已遇到困难,这"北风"就是指清兵。松槚,是过去坟墓上常种植的树,槚就是楸(qiū 秋)。 ④ 南内春深拥夜来:这是讲南明弘光政权,讲弘光帝朱由崧的荒唐。南内这个名词始见于唐代,是指长安城里偏东南的兴庆宫,这是借用来指南都的大内,南都是明朝人对南京的习惯称呼,大内就是皇宫。夜来指薛夜来,据说是三国时魏文帝宠爱的美女,用在这里说弘光帝荒于女色不问政事。

天宝曲①,景阳宫井落秋槐②。

【翻译】

扬州的明月映照着杜陵的鲜花,

夹路卷起香尘来迎当年的张丽华。

旧时住宅在江都还有赵飞燕喝过水的井,

新近兴起的显贵是关内的田家。

腰身纤细行步优雅向君王处进入,

钿合和金钗是和君王定情之物。

艳丽的容貌浓密的鬓发当世已推无双,

蹋球下围棋人间又称第一。

上林苑的花鸟能画上生绡,

临写宫禁里的钟王书法点染素毫。

杨柳风微春天试跑马,

---

① 莫奏霓裳天宝曲:据说杨贵妃会跳霓裳羽衣舞,极为唐玄宗所喜爱,这里借用来指前面所说明思宗和田贵妃的事情。莫奏,在这里是不必提了的意思。 ② 景阳宫井落秋槐:北方的隋朝出兵南下灭陈,在建阳即南京的陈后主带了宠爱的张贵妃、孔贵嫔躲避进景阳宫的井里,结果仍被隋兵搜获,因而景阳宫井就成了典故,被用来指建都在南京的政权的覆灭。以上最后一段,讲南明弘光政权及其覆灭。覆灭是在五月份,"落秋槐"是说事过境迁,到秋天南都皇宫里只剩下满地的槐叶。

梧桐露冷暮夜好吹箫。
君王早晚辛劳没有情思，
宫门到夜半还传进封事。
玉几金床很少去休息安眠，
陈娥卫艳谁能够经常陪侍。
只有明慧的贵妃独自承恩，
会引动欢笑会陪同忧愁安抚着至尊。
洁白的牙齿没有呈露只是轻轻地询问，
弯弯的蛾眉好像皱起接着又是一番温存。
本朝的家法节俭到饮宴，
房帷里一向不让珍奇的东西送荐。
派出敕使只要征收阳羡的名茶，
还多次减省皇后宫里的御膳。
只有贵妃穿着的扬州服饰能专美江南，
小阁里熏炉的烟气有沉水香含。
私下买来织成琼花的新样锦绣，
还让水路送进了黄柑。
中宫皇后说贵妃能合君王心意，
银环召幸从来不生妒忌。
皇后早年艰难时曾保护过君王，
这时候欢笑却同贵妃在一起。

侍儿在宫廷里奔走传话好似当年贾佩兰，
往来之间不小心使两宫失欢。
虽说能像樊嫕那样善于言辩，
但要转移贵妃的喜怒可真烦难。
在绿绨上写了小字还盖了印，
封进琼函里署上贵妃姓名递进。
请罪的话总会获得圣主怜惜，
可含意是想激起君王对皇后的恼愠。
君王内心里爱怜贵妃姿容倾城，
可皇后敌体而且还有当年结发恩情。
于是亲手下诏向贵妃诘问，
弄得贵妃只好来阶下揩拭啼痕。
再加上贵妃父亲官拜金吾尉，
生平爱游侠行动轻率又随意。
把人捆起来逼取赌赢的金钱，
筵席上还敢杀掉弹筝的乐伎。
贵妃有班姬的才调左姬的淑贤，
他父亲却像霍氏的骄奢窦氏的专擅。
贵妃流着眼泪下诏规劝，
他父亲却仍在笑谈之间夺取人家的良田。
官吏上奏削减他父亲的官俸，
贵妃也被冷落空做官车临幸之梦。

有天宫中永巷传闻君王要去看花，
景和门里有谁能够陪从。
君王天颜不悦侍从发愁，
皇后催促宦官去召贵妃同游。
开始劝君王还假装不理睬，
可送贵妃的车子早来到了殿西头。

贵妃两个孩子年纪小牵衣嬉戏，
大的已读书小的也懂得孝悌。
尽管听说臣下们在称誉定陶，
可还是更怜爱多病的如意。
岂真有神君传话在帐中，
别乱说王母下降到离宫。
但恨巫阳救不了仓舒，
雕残了金锁使玉筋流下也带红。
从此君王愁闷再不见欢乐，
从台备了酒也感到悲风萧索。
已得报河南连丢了好几州，
还加上悲痛小儿子的零落。
贵妃瘦损病在匡床上，
散髻乱发愁眉泪眼地掩上了洞房。
尽管豆蔻汤温还有冰簟阴冷，

嫌荔枝浆热又含上玉鱼透凉。
病躯还是禁不起秋风泪水沾湿了胸臆，
宛转绝命在君王之膝。
青苔长满了长门宫在梦中还会归来，
到了飞花寒食时节君王应该还相记忆。
用上玉匣珠襦开启了便房，
奏起了《薤歌》好似下葬前朝的同昌。
君王思念贵妃想要写篇《哀蝉赋》，
撰作诔词的词臣真不输于当年的谢庄。

白头宫娥暗地里愁眉紧蹙，
怎知道生命像朝露那样不是有福。
宫草过了两年就沾上血腥，
这时候再没有谁向西陵哀哭。
黄泉下重见最伤心事起仓黄，
还不忘向君王询问孩子永王。
幸而没有像杨玉环那样身遭丧乱，
用不到学铜雀歌伎去哀叹兴亡。
自古以来豪华不能长久如同转动车毂，
武安侯如不早死也将担忧灭族。
系念爱子虽会重添北渚之愁，
所幸外家已埋葬在骊山山足。

夜雨中当年的椒房阴火青青，
杜鹃啼血染红了龙宫门。
汉家的伏皇后应同此恨，
只少了当年的一位贵人。
碧殿凄凉新栽的陵树已经成拱，
过路行人还认得是贵妃的坟冢。
麦饭冬青要重问茂陵，
斜阳蔓草已埋没残垅。

昭丘的松櫍被北风劲吹，
南都大内里春意浓深拥抱着薛夜来。
不要再奏霓裳天宝的歌曲吧，
景阳宫井边落叶已飘下秋槐。

鸳湖曲

这是一首以故友吴昌时为题材的七言古诗。吴昌时字来之，明南京苏州府吴江县人①，曾参加复社，和吴伟业相识。崇祯十四年(1641)周延儒在复社领袖张溥等人的支持下复任首辅②，吴昌时在其中起了积极作用。十五年(1642)三月吴昌时入京任礼部主事③，不久升任

---

① 明南京苏州府吴江县：今江苏吴江。② 首辅：明代中期以内阁大学士为宰相，大学士有好几位，以其中资格老的为首辅，主持工作，即首席大学士的意思。③ 礼部主事：明最高行政机构有吏、户、礼、兵、刑、工六部，主事是部里的正六品官。这些制度到清代都基本上继承下来。

有权势的吏部文选司郎中①。十六年(1643)周延儒失势罢官,吴昌时也被牵连下狱,十二月被杀,周延儒也被勒令自杀。这对复社和吴伟业实际上也是个打击。鸳湖是鸳鸯湖的简称,在吴江稍南明浙江省嘉兴府嘉兴县的南郊②,也就是著名的南湖。吴昌时家里本有钱,曾在南湖边盖了个名为"南湖渚室"的别墅。吴伟业在崇祯十三年(1640)因嗣父去世丁忧回家乡太仓州,同年十二月吴昌时也从北京回乡,在南湖招待过吴伟业。清顺治四年(1647)吴伟业从太仓去浙东,重游南湖,俯仰今昔,不胜感慨,写了这首有名的《鸳湖曲》,这年吴伟业三十九岁。

鸳鸯湖畔草粘天,二月春深好放船。柳叶乱飘千尺雨,桃花斜带一溪烟。烟雨迷离不知处,旧堤却认门前树。树上流莺三两声,十年此地扁舟住③。

---

① 吏部文选司郎中:六部各有四个司,司的长官叫郎中,正五品。各部各司的实权并不一样,吏部文选司掌握文职官员的人事权,在明代是最有权势的一个司。 ② 嘉兴县:今浙江嘉兴。 ③ 以上第一段,从讲作者重到鸳湖引入追溯陈迹。

主人爱客锦筵开，水阁风吹笑语来①。画鼓队催桃叶妓②，玉箫声出柘枝台③，轻靴窄袖娇装束，脆管繁弦竟追逐。云鬟子弟按霓裳④，雪面参军舞鸜鹆⑤。酒尽船移曲榭西⑥，满湖灯火醉人归。朝来别奏新翻曲，更出红妆向柳堤⑦。

欢乐朝朝兼暮暮，七贵三公何足数⑧。十幅蒲帆几

---

① 水阁：建筑在湖边或河边的楼阁，向外一边的柱脚伸入水中，人们常在这种水阁里宴会游乐。 ② 桃叶妓：桃叶是东晋时王献之的妾，王献之曾写过《桃叶歌》，后来就把“桃叶”作为妓妾的代称。 ③ 柘(zhè 这)枝：唐代由西北地区传来的少数民族舞蹈。 ④ 鬟(huán 环)：古代妇女的环形发髻，这里指男演员也梳起这类发髻。子弟：这里指年轻的男演员。霓裳：本是唐代霓裳羽衣舞曲，这里作为戏曲的代称。 ⑤ 雪面：脸洁白如雪。参军：唐代有一种参军戏，宋代有的已由女优伶扮演。舞鸜鹆(qú yù 渠欲)：鸜鹆是一种鸟，今称八哥。东晋时有一种模拟鸜鹆动作的鸜鹆舞，这里用来作为舞蹈的代称。 ⑥ 榭(xiè 谢)：没有墙壁的敞屋，后世一般建筑在园林里。 ⑦ 红妆：女子的盛妆，这里指盛装的女子。柳堤：遍种柳树的堤岸。以上第二段，讲当年主人吴昌时在鸳湖宴客的盛况。 ⑧ 七贵三公：西汉时以吕、霍、上官、丁、赵、傅、王七个外戚家为七贵。三公则是汉以来最尊贵的官职，最初是以丞相、太尉、御史大夫为三公，以后常有变动。这里的七贵三公是显贵官的代称。何足数(shǔ 署)：数是计数，何足数是“算得了什么”的意思。

尺风①，吹君直上长安路②。长安富贵玉骢骄③，侍女熏香护早朝④。分付南湖旧花柳⑤，好留烟月伴归桡⑥。

那知转眼浮生梦，萧萧日影悲风动。中散弹琴竟未终⑦，山公启事成何用⑧。东市朝衣一旦休⑨，北邙抔土亦难留⑩。白杨尚作他人树，红粉知非旧时

① 十幅蒲帆：过去有用蒲来编制船帆的，十幅指帆的大小。 ② 长安：这里指北京。由于汉、唐等朝都以长安为京城，所以明清人常用"长安"一词来作为京城北京的代称。从南湖北上可走运河水路到北京。 ③ 玉骢(cōng 匆)：骢是青白色的马，也泛指马，玉骢是漂亮的好马。 ④ 侍女熏香护早朝：凌晨上朝前由侍女把衣服用香熏过才穿上，这里是指吴昌时在北京过着繁忙又豪侈的生活。 ⑤ 分付：同"吩咐"。 ⑥ 桡(ráo 饶)：船桨。以上第三段，讲吴昌时进京后宦途得意。 ⑦ 萧萧日影……竟未终：三国曹魏文学家嵇康，任中散大夫，后被司马昭所杀，临刑前神色不变，看着日影要来琴弹了一曲《广陵散》。 ⑧ 山公启事成何用：山公指山涛，西晋初任吏部尚书，能选拔人才，人们称他选拔人才的奏事为"山公启事"。这里是指吴昌时任吏部文选司郎中虽有作为但到这时还顶什么用。 ⑨ 东市朝衣：西汉时晁错被景帝冤杀，身上还穿着朝服就被送去东市杀害。 ⑩ 北邙(máng 忙)：北邙山，在洛阳城北，东汉以来，成为帝王将相的一个墓葬区。抔(póu 剖阳平)土：《史记·张释之传》说有人盗高祖庙的玉环，按照法律只应本人处死刑，汉文帝要加重把人家灭族，张释之劝阻道："今盗宗庙器而族之……假令愚民取长陵一抔土，陛下何以加其法乎？"长陵，就是汉高祖的陵墓。一抔土，就是一捧土，后人因称坟墓为"一抔土"、"抔土"。

楼[1]。烽火名园窜狐兔，画阁偷窥老兵怒[2]。宁使当时没县官[3]，不堪朝市都非故[4]。

我来依棹向湖边[5]，烟雨台空倍惘然[6]。芳草乍疑歌扇绿，落英错认舞衣鲜。人生苦乐皆陈迹，年去年来堪痛惜。闻笛休嗟石季伦[7]，衔杯且效陶彭泽[8]。君不见，白浪掀天一叶危，收竿还怕转船迟。世人无限风波

---

① 白杨尚作……旧时楼：唐武宁军节度使张建封死后，歌伎盼盼留住旧宅燕子楼不嫁，白居易为她写了几首七绝，其中有“见说白杨堪作柱，争教红粉不成灰”的话。白杨是指张建封墓前种的白杨，红粉指歌伎盼盼。这两句吴诗则更进了一层，说这时已经改朝换代，吴昌时连坟墓也保不住，墓前的白杨变成他家之树，生前的歌伎更转入他家之楼。 ② 画阁：彩绘过的讲究的楼阁。老兵：指改朝换代后在这里驻扎的清兵。 ③ 没县官：县官是汉人对皇帝的一种叫法，没县官是指被国家没收，被明朝政府没收。 ④ 朝：朝廷、政府。市：市集、民间。以上第四段，从吴昌时的被杀讲到改朝换代后鸳湖的凄凉景色。 ⑤ 棹(zhào 赵)：本是摇船的工具，这里引申指船。 ⑥ 烟雨台：即烟雨楼，在南湖中，累土成洲，洲上筑楼，是五代时吴越国王钱元璙(liáo 辽)所创建。 ⑦ 闻笛：西晋向秀写过《思旧赋》，在序里说听到邻人吹笛而想起被杀害的老友嵇康、吕安。石季伦：西晋时石崇字季伦，以豪富著称，后在政治斗争中被杀，这里借指吴昌时。 ⑧ 陶彭泽：即东晋大诗人陶渊明，曾任彭泽令，爱喝酒，后来因不满现实，隐居不再做官。

苦，输与鸳湖钓叟知①。

【翻译】

鸳鸯湖边的草地直接到蓝天，
二月里春意深浓正好放游船。
柳叶乱飘夹上千尺细雨，
桃花斜带映着一溪轻烟。
烟雨迷茫不知来到哪里，
却从当年的堤岸认出门前的大树。
树上的流莺对我叫了两三声，
使我记起十年前一叶扁舟曾在这里停住。

当年主人好客把盛宴摆开，
水阁里阵阵笑语随风传来。
画鼓打起催来桃叶歌妓，
玉箫吹动响彻柘枝楼台。
轻靴窄袖尽是娇丽的装束，
脆管繁弦不停地竞相追逐。

---

① 鸳湖：有些本子作“江湖”，不对，因为这里是说经历大风大浪后退居到鸳湖的钓叟，而且用“鸳湖”才能归结到主题。以上最后一段，吴伟业抒写自己的感慨，并表示不欲再卷入政治风波的态度。

云鬟子弟在按奏霓裳羽衣曲，
还有雪面参军跳起了鸜鸲舞。
酒筵收拾过又把船摇到曲榭之西，
满湖灯火要送酒醉的人返回。
第二天又另奏新翻的乐曲，
让红妆歌妓再去柳堤。

寻欢作乐天天从朝到暮，
就算七贵三公也不足比数。
再扯起十幅蒲帆借着几尺好风，
又把主人送上了进京去长安的路途。
长安多么富贵连骢马也都恣骄，
还有侍女们熏好香伺候主人早朝。
主人吩咐南湖旧时的花枝和柳条，
好好地留待主人回来在烟月中伴随归桡。

谁知道转眼间浮生真如幻梦，
日影下萧萧的悲风已经吹动。
嵇中散弹琴弹不到曲终，
那山公启事还有什么作用？
东市朝衣万事一旦尽休，
连北邙的一抔坟土也无从保留。

坟上的白杨都变成人家的树木，
生前的歌妓也转入人家的妆楼。
经过兵火当年的名园里已乱窜着狐兔，
想偷看一下楼阁看守的老兵就发怒。
真宁可当时都被没入县官，
哪受得了朝廷市集都遭受这样的大变故。

我这次前来把船停向湖边，
烟雨楼空更加使我分外惘然。
只有那芳草还好似歌扇艳绿，
落花也会被错认舞衣明鲜。
人生的苦乐都已成为陈迹，
年去年来真使人痛惜。
听到邻笛切莫再替石季伦嗟叹，
还是口衔酒杯权且学一学陶彭泽。
君不见，掀天白浪里一叶扁舟好艰危，
收起钓鱼竿子还怕船头转得迟。
人世间说不尽的风波之苦，
都早让鸳湖的钓叟得知。

鸳湖感旧

这是和《鸳湖曲》同时的作品。二者题材相同,感慨相同,只是篇幅不同。《鸳湖曲》是多至五十二句的七言古诗,这首《鸳湖感旧》只是八句的七言律诗,可说是《鸳湖曲》的缩本。但《鸳湖感旧》并不见得局促,而《鸳湖曲》也不形其枝蔓,两相对照,可领悟古诗与律诗确各有不同的写法和不同的风格。这首律诗有吴伟业自己写的小序,也抄录在这里一并注译。

予曾过吴来之竹亭湖墅①,出家乐张饮②。后来之以事见法③。重游感赋此诗。

落日晴湖放楫回④,故人曾此共登台。
风流顿尽溪山改⑤,富贵何常箫管哀。
燕去妓堂荒蔓合,雨侵铃阁野棠开⑥。
停桡却望烟深处,记得当年载酒来。

【翻译】

我曾到过吴来之的竹亭湖墅,来之为我举办宴会并演奏家乐。后来来之因犯事被杀。我重游旧地很有感慨,就写了这首诗。

明净的湖光在落日的照映下我放船回来,
老朋友曾经和我在这里同登楼台。
风流一朝衰歇连溪山的面目都已改换,

---

① 墅(shù 树):别墅,家宅以外营建的供休息游乐的园舍。 ② 家乐:封建社会的官僚或有钱人家养着歌妓,明清时还养着唱昆曲的戏班子,都叫家乐。张(zhàng 丈)饮:旧说张通“帐”,张饮本是设帷幕宴饮,但在这里则是张设筵席的意思。 ③ 见法:这“见”是被、受的意思,见法就是被依法处死。 ④ 楫(jí 及):船桨。 ⑤ 风流:这里指文采才华。 ⑥ 铃阁:魏晋南北朝时把将帅或州郡长官办事的地方叫铃阁。因为吴昌时做过有权势的文选司郎中,所以这里借用“铃阁”一词来称他别墅里的楼阁。

富贵变幻无常再听箫管也感到悲哀。
燕子飞去妓堂上已蔓草长合，
雨水侵蚀铃阁但见野棠盛开。
我停下船桨远望烟水深处，
还记得当年曾经载酒前来。

后东皋草堂歌

这是一首为老友瞿式耜写的七言古诗①。瞿式耜字起田，号稼轩，明南京苏州府常熟县人②，世家大族出身，中万历四十四年(1616)进士，是同乡钱谦益的门生③。他在崇祯元年(1628)因事和钱谦益一起被贬。崇祯九年(1636)又被人控告在家乡有不法行为，和钱谦

① 耜(sì四)。 ② 明南京苏州府常熟县：今江苏常熟。③ 钱谦益：明崇祯时任吏部侍郎，弘光朝任礼部尚书，清兵南下他迎降，又到北京任礼部侍郎，退居家乡后还进行过反清复明活动。他是著名的大文学家、大藏书家，在史学上也有贡献。

益一起被逮进京下狱，钱谦益被削籍①，他赎徒②。弘光元年即清顺治二年(1645)他被起用，任右佥都御史巡抚广西③。顺治三年(1646)他在广西拥立明宗室桂王朱由榔称帝抗清，被任为宰相。桂王永历二年即顺治四年(1647)他留守桂林，击退清兵，进封为临桂伯。永历五年即顺治七年(1650)大汉奸孔有德率清兵攻陷桂林，他被俘不屈，壮烈牺牲，成为我国历史上著名的大忠臣。东皋草堂是他在家乡北郊的别墅。崇祯九年他下狱时吴伟业曾写过一首题为《东皋草堂歌》的七言古诗④。这首《后东皋草堂歌》则是永历三年即顺治五年(1648)吴伟业四十岁时到草堂所写。当时瞿式耜正在桂林抗清，在清政权统治下的东皋草堂呈现一片凄凉的景色。

---

① 削籍：明代习惯用语，即削除官籍中的姓名，即革职。 ② 赎徒：法律用语，判处徒刑但可出钱赎免。 ③ 右佥都御史：明代设都察院作为最高监察机关，长官有正二品的左右都御史、正三品的左右副都御史、正四品的左右佥都御史。巡抚广西：明代在地方上先后设置总督或巡抚，中期以后成为最高级的地方长官，广西是设有巡抚的地区。 ④ 这首诗没有收入吴伟业的《梅村诗集》和《梅村家藏稿》里，已失传了。

君家东皋枕山麓①,百顷流泉浸花竹②。石田书画数百卷③,酷嗜平生手藏录④。

隐囊麈尾寄萧斋⑤,鸿鹄高飞鹰隼猜⑥。白社青山

---

① 麓(lù 鹿):山脚。东皋草堂在虞山脚下。 ② 顷(qǐng 请):一百亩为一顷。 ③ 石田:沈周字启南,号石田,苏州府长洲县人,明代中期杰出的大画家,画山水最有名,还兼工花鸟,另外字也写得很好,所以这里说"石田书画"。 ④ 录:著录。过去收藏书籍字画,常编写目录,叫著录。以上第一段,总述东皋草堂的形胜和收藏。 ⑤ 隐(yìn 印)囊:隐在这里是依凭的意思,隐囊是座榻上供人依凭的软囊。麈(zhǔ 主)尾:麈是一种兽,似鹿而大,用它的尾巴毛制成一种驱赶蚊蝇用的东西叫麈尾,它形状有点像羽毛扇,后人把它当作马尾巴似的拂尘,是错误的。隐囊和麈尾都是魏晋南北朝时士大夫常用的东西,唐以后麈尾已无人使用,隐囊则改称为靠枕,这里用隐囊与麈尾只是说草堂主人的风雅而已。寄:居住。萧斋:唐人李约从江南买到南朝萧梁时萧子云写的"萧"字,在洛阳把它砌在书斋的墙壁里观赏,这个书斋也就称为"萧斋",后人又进而把"萧斋"一词作为精雅书斋的通称。 ⑥ 鸿鹄(hú 胡)高飞鹰隼(sǔn 笋)猜:鸿鹄,就是鹄,一种高飞的鸟,常用来比喻志向远大的人。鹰隼,食肉的猛禽。这里是把钱谦益、瞿式耜比作鸿鹄,把他们的政敌宰相温体仁等比作鹰隼。

旧居在①,黄门北寺捕车来②。有诏怜君放君去,重到故乡栖隐处。短策仍看屋后山③,扁舟却系门前树。此时钩党虽纵横④,终是君王折槛臣⑤。放逐纵缘当事意⑥,江湖还赖主人恩⑦。

一朝龙去辞乡国⑧,万里烽烟归未得⑨。可怜双戟

---

① 白社:东晋末高僧慧远在庐山结集的白莲社,这里指文人隐居。青山:指隐居之地。 ② 黄门北寺捕车来:黄门北寺是东汉时宦官掌管的监狱。这句诗是讲崇祯九年(1636)钱谦益、瞿式耜的被捕,因为他们是下的"诏狱",即不经正式司法机关刑部,只凭皇帝下诏令然后关进宦官等掌管的监狱,所以这里用"黄门北寺"的典故。 ③ 策:马鞭。 ④ 钩党:东汉桓帝、灵帝时宦官专权,搜捕反对他们的士大夫,即所谓"党人",有的被杀害,有的被禁锢不许做官,叫"党锢",这种对党人的牵连搜捕叫"钩党"。纵横:在这里是凶恶横蛮的意思。 ⑤ 折槛(jiàn 见)臣:槛是窗户下或长廊旁的栏杆,西汉成帝时朱云请求斩佞臣张禹,成帝不听,反要杀朱云,朱云攀住殿槛不走,把槛都拉断了,以后就把直谏的忠臣称为"折槛臣"。 ⑥ 当事:管事的,这里指掌权的宰相温体仁等。 ⑦ 江湖:这里是指隐居之地。主人:这里是"君主"之"主",主人指明思宗。以上第二段,讲瞿式耜被下狱又放归故乡的事情,这时东皋草堂还完好无损。 ⑧ 龙去:龙在这里指明思宗,龙去是说思宗死去。辞乡国:乡国指家乡。辞乡国指瞿式耜出任广西巡抚和永历朝的宰相。 ⑨ 烽烟:本指边警,因为古人边防用烽火,见敌人来到就点火放烟。这里泛指战争。

中丞家[1]，门帖凄凉题卖宅[2]。有子单居持户难[3]，呼门吏怒索家钱[4]。穷搜废箧应无计[5]，弃掷城南五尺山[6]。任移花药邻家植，未剪松杉僧舍得。渔舟网集习家池[7]，官道人牵到公石[8]。石础虽留不记亭，槿篱还在半无门[9]。

---

① 双戟中丞家：中丞是唐代御史台的长官御史中丞，御史台相当于明代的都察院，瞿式耜任都察院右佥都御史可以说相当于唐代的御史中丞。唐代规定三品以上可以在门前列戟，明代已无此制度，这里加上“双戟”不过是形容做过右佥都御史的瞿家的门墙显赫。又唐代立戟的“戟”还是先秦以来的戟，即有横枝和尖刺的戟，不过是用木制而不像兵器里的戟用铜用铁制，至于小说里的“方天画戟”则是明代才出现的。 ② 门帖(tiě 铁)：帖本是写有文字的纸，门帖是贴在门上的告白。 ③ 有子：瞿式耜之子名嵩锡，字伯升，崇祯十五年(1642)举人，当时留在家乡常熟。单：在这里是孤弱无依靠的意思。持户：维持门户，使家庭不破败。 ④ 家钱：自己家里的钱。 ⑤ 箧(qiè 切)：小箱子。 ⑥ 城南五尺山：唐人有“城南韦、杜，去天尺五”的话，是说当时韦、杜两大家族官宦富贵、地位崇高的意思。这里的“城南五尺山”就用这个典故，是指世家大族的山庄园林而言，并非真把在城北的东皋草堂错说在“城南”。 ⑦ 渔舟网集习家池：东晋时习家是湖北襄阳的豪族，拥有佳园池。这里指东皋草堂里的池里已有外人在打鱼。 ⑧ 官道人牵到公石：南朝梁武帝弈棋赢得溉斋前的奇石，运进皇室的华林园里，人称“到公石”。这里指东皋草堂里的假山石已被外人买去。官道就是大路。 ⑨ 槿(jǐn 紧)：木槿，是一种落叶灌木，可种作篱笆用。

欹桥已断眠僵柳①，醉壁谁扶倚瘦藤②。尚有荒祠丛废棘③，丰碑草没犹堪识④。阶前田父早歌呼，陌上行人增叹息⑤。

我初扶杖过君家，开尊九月逢黄花⑥。秋日溪山好图画，石田真迹深咨嗟⑦。传闻此图再易主，同时宾客知存几？又见溪山改旧观，雕栏碧槛今已矣⑧。摇落深知宋玉愁⑨，衡阳雁断楚天秋⑩。斜晖有恨家何在？极浦

---

① 欹(qī 期)：倾斜。 ② 醉壁：歪斜将倒塌的墙壁。 ③ 祠：指东皋草堂里的瞿氏祠堂。过去私人园林里往往建立祭祀本姓祖先的祠堂。废：这里是荒芜的意思。 ④ 丰碑：高大的碑。这里指瞿氏祠堂的碑。 ⑤ 陌(mò 末)：田间的小路。以上第三段，讲瞿式耜去广西抗清后东皋草堂的凄凉景色。 ⑥ 黄花：专指菊花。 ⑦ 秋日溪山……深咨嗟：《秋日溪山图》是瞿式耜收藏过的沈周画的长卷，这里的“秋日溪山”是双关语，既指九月深秋的溪山如同一幅美好的山水画，又指主人收藏的《秋日溪山》名画。咨(zī 资)嗟：赞叹。 ⑧ 雕栏碧槛：指园林里雕刻彩绘的栏槛。已：完结。 ⑨ 摇落深知宋玉愁：《楚辞》里相传为宋玉所作的《九辩》在一开头有“悲哉，秋之为气也，萧瑟兮草木摇落而变衰”的话，因而杜甫在《咏怀古迹》里写了“摇落深知宋玉悲”的诗句，而为吴伟业所套用。 ⑩ 衡阳：明湖广衡州府衡阳县，今湖南衡阳。当时衡阳以南是南明永历政权活动的地区。雁断：雁是来去有定时的候鸟，古人有用雁来传递书信的说法，雁断就是说不通音讯。

无言水自流①。

我来草堂何处宿，挑灯夜把长歌续②。十年旧事总成悲，再赋闲愁不堪读③。魏寝梁园事已空④，杜鹃寂寞怨西风⑤。平泉独乐荒榛里⑥，寒雨孤村听暝钟⑦。

---

① 斜晖有恨……水自流：晖本是日光，斜晖指落日，一般用来比喻政权将临危亡。《楚辞·九歌·湘君》有"望涔阳兮极浦"的话，极是远，浦是水涯。相传被明成祖夺了帝位的建文帝逃亡在外，写过"乾坤有恨家何在，江汉无情水自流"的诗句，这里的"斜晖有恨……"就由此套来。以上第四段，吴伟业回忆初到东皋草堂的情景，并发出世事转换的感慨。

② 长歌续：这首《后东皋草堂歌》，是续原先写的《东皋草堂歌》。 ③ 再赋闲愁：指这首《后东皋草堂歌》。《文选》里有东汉张衡的《四愁诗》，第二首说"我所思兮在桂林，欲往从之湘水深"，而当时的桂林正是瞿式耜抗清的据点，正好和《后东皋草堂歌》的怀念瞿式耜搭得上，但张衡原诗还有无关的另外三个愁，所以不好说"再赋四愁"而说"再赋闲愁"。 ④ 魏寝梁园：魏寝指曹魏的陵寝即陵墓，梁园是西汉时梁孝王的园林。这里指在北京、南京的明朝宫阙，当时都已沦于清人之手。 ⑤ 杜鹃：鸟名，传说是古代蜀王杜宇变的。这里指已死的明思宗。 ⑥ 平泉：平泉庄，唐代宰相李德裕在洛阳的庄园。独乐：独乐园，宋代宰相司马光在洛阳的园林。榛（zhēn真）：这里指树丛。 ⑦ 暝（míng 名）：日暮。以上最后一段，讲这次来到东皋草堂写了诗，再用四句感慨话作结束。

【翻译】

君家的东皋草堂在虞山山麓，
上百顷地有流泉浸养着鲜花翠竹。
还有沈石田的书画好几百卷，
是主人最心爱的亲手珍藏著录。

倚着隐囊弄着麈尾闲居在萧斋，
本是高飞的鸿鹄可鹰隼要相猜。
青山下的住所清净得像白莲社，
可黄门北寺收捕的槛车还要来。
君王可怜主人下诏释放回去，
主人回到这故乡隐居之处。
短策在手去屋后游览青山，
扁舟停泊也系在门前大树。
这时阉钩党尽管凶恶蛮横，
主人毕竟是君王折槛之臣。
放逐之祸虽是当事者酿成，
能够归隐总还赖君王施恩。

一旦君王逝去主人也离开乡国，
万里之外尽是烽烟已回乡不得。
可怜门前立着双戟的中丞之家，

凄凉地贴上门帖说是要卖园宅。
主人有儿子孤单地支撑门户多困难，
叫门的公差发起脾气要勒索金钱。
搜遍了破箱箧也没有办法，
只好抛弃这城南的五尺青山。
花木药材被邻居任意移去种植，
松树杉树没被砍伐却也为寺院所得。
打鱼船像网一样密集到刁家池，
大路上还有人牵走了到公石。
石础虽然留着已记不清是什么样的园亭，
槿篱还在只是多半已没有篱门。
倾斜的桥板已断上面仍横着枯柳，
将倒的墙壁上还爬着瘦藤。
还有那祠堂已荒丛生着乱棘，
丰碑被湮没草丛却还能认识。
阶前有种田人在歌唱喧呼，
陌上的过路人却不住叹息。

当初我拿着手杖来到君家，
九月里设酒席正逢上盛开菊花。
秋日溪山啊真是上好图画，
石田的真迹真叫人赞叹。

现在听说这真迹已一再易主，
当时同看的客人活着还有几许？
又看到真的溪山也改变了面貌，
当年的雕栏碧槛如今可在何处？
草木摇落体会到宋玉的悲愁，
衡阳归雁隔绝在楚天清秋。
斜阳有恨家乡何在？
极浦无言江水自流。

我这次来到草堂在何处住宿，
挑亮了灯连夜把长歌接续。
十年来的往事总叫人伤悲，
写这闲愁诗真不堪再读。
富丽的魏寝梁园都已成空，
杜鹃在寂寞中怨恨那萧瑟西风。
平泉庄独乐园都成了荒榛，
寒雨中孤零的村落听到夜晚钟鸣。

圆圆曲

这是一首以陈圆圆为题材的七言古诗。陈圆圆是明南京常州府武进县奔牛镇人①，从小在苏州做歌妓，擅长演唱昆腔戏。崇祯年间被周皇后的父亲周奎买到北京，本想献给明思宗，后来送给了镇守山海关的总兵平西伯吴三桂。李自成的农民军打进北京，叫吴三桂的父亲吴襄招降吴三桂，吴三桂本想接受，听说陈圆圆落入农民军将领手中，勃然大怒，开山海关降清，甘心充当汉奸引清兵打败了农民军，让清摄政王多尔衮和清世祖福临顺利地进入北京，而陈圆

① 明南京常州府武进县奔牛镇：今江苏常州奔牛镇。

圆也从农民军中出来回到吴三桂身边。以后吴三桂一直替清政权效力，打进西安，进入汉中，又攻占四川、贵州、云南。清康熙元年(1662)擒杀明永历帝朱由榔，使南明政权最终灭亡，吴三桂则因功以平西王镇守云南。康熙十二年(1673)吴三桂又起兵反清，十七年(1678)称帝后不久病死，余众为清政权彻底解决。这时陈圆圆已不知下落，可能在吴三桂攻占云南后就死去。吴伟业这首诗只写到清顺治五年(1648)吴三桂镇守汉中，顺治八年(1651)吴三桂进入四川以后的事情在诗中则未有反映，说明它大约是顺治五年至七年(1650)、吴伟业四十到四十二岁之间所写。诗中“冲冠一怒为红颜”等句子对吴三桂的无耻行径作了谴责。

鼎湖当日弃人间①，破敌收京下玉关②。恸哭六军

---

① 鼎湖：《史记·封禅书》上说，黄帝在荆山下铸鼎，铸成后骑龙升天，后世叫这铸鼎之处为鼎湖。这里借用来指明思宗的死去。弃人间：抛开人世间，死去的委婉说法。 ② 破敌收京：指打败李自成、进入北京。下玉关：“玉关”本是在今甘肃敦煌西北的玉门关的简称，这里借用来指山海关，指把清兵引进山海关。

俱缟素①，冲冠一怒为红颜②。红颜流落非吾恋，逆贼天亡自荒宴③。电扫黄巾定黑山④，哭罢君亲再相见⑤。

相见初经田窦家⑥，侯门歌舞出如花。许将戚里箜篌伎⑦，等取将军油壁车⑧。家本姑苏浣花里⑨，圆圆小

---

① 恸（tòng 痛）：大哭。六军：古书里说天子有六军，这里泛指吴三桂统率的明兵。缟（gǎo 搞）素：缟本是未经染色的白绢，缟素是指白色的丧服。 ② 冲冠一怒：古人有“怒发冲冠”的说法，说极其愤怒时头发直竖会把帽子顶起，这当然是夸大性的形容。 ③ 逆贼：吴伟业站在明朝封建政权的立场上，把农民军骂作“逆贼”。荒宴：迷乱于酒色。 ④ 黄巾：指东汉末年以张角为首的农民起义军。黑山：指东汉末张燕等率领的农民起义军。 ⑤ 君：指自杀的明思宗。亲：指被李自成杀死的吴襄。以上第一段，总说吴三桂为了陈圆圆甘引清兵身作先驱。 ⑥ 田窦家：西汉时的外戚田蚡、窦婴，这里借用来指思宗周皇后的父亲周奎。 ⑦ 戚里：西汉时长安城中外戚居住的地方。箜篌（kōng hóu 空喉）伎：箜篌是东汉时由西域传入中原的一种拨弦乐器，但在明代已不流行，这里用箜篌伎只是说陈圆圆擅长音乐。 ⑧ 等：期待。油壁车：古代的一种车子，用油涂饰车壁，多为妇女所乘用。 ⑨ 姑苏：本是春秋时吴国都城的一个地名或台名，后来成为今江苏苏州的代称。浣花里：本在今四川成都西南，有浣花溪，旧历四月十九日当地人在这里游赏，叫浣花日，唐代名妓薛涛也在这里住过，用溪水制造花笺，叫浣花笺。这里当是因薛涛的事情而借用，并非苏州真有个浣花里。

字娇罗绮①。梦向夫差苑里游②，宫娥拥入君王起。前身合是采莲人③，门前一片横塘水④。横塘双桨去如飞，何处豪家强载归。此际岂知非薄命，此时只有泪沾衣。熏天意气连宫掖⑤，明眸皓齿无人惜。夺归永巷闭良家⑥，教就新声倾坐客。坐客飞觞红日暮⑦，一曲哀弦向谁诉。白皙通侯最少年⑧，拣取花枝屡回顾⑨。早携娇

① 娇罗绮（qǐ起）：罗和绮都是花纹美丽的丝织品，这里的“娇罗绮”是从梁江淹的《别赋》“罗与绮兮娇上春”套来的，意思是穿上罗绮衣服更显娇丽。 ② 夫差：春秋后期吴国国王，相传他宠爱越国国王勾践送给他的美女西施，最终为勾践打败而亡国。这里把陈圆圆比作西施，把平西王吴三桂比作吴王夫差。 ③ 采莲人：苏州城里有采莲泾，人们把它附会成当年西施采莲之处，这里的“采莲人”就是指西施。 ④ 横塘：在苏州城西南。 ⑤ 宫掖：掖本指掖庭，是宫中的旁舍，妃嫔所住之处，宫掖二字连用就是宫廷的意思。 ⑥ 明眸（móu谋）皓齿……闭良家：这是指陈圆圆被周奎送进宫廷后并不受明思宗喜爱，于是又从宫廷出来成为周奎家的歌女。明眸是明亮的眼睛。永巷本是宫中的长巷，这里指宫女居住之处。良家：旧社会所说良家本是指清白的人家，区别于所谓下贱的人家，这里是指富贵人家即周奎家。 ⑦ 飞觞（shāng伤）：觞本是先秦时的饮酒器，后来也把酒杯叫觞，把传杯饮酒叫飞觞。 ⑧ 皙（xī析）：皮肤白。通侯：本是秦二十等爵的最高一级，汉代叫列侯，因为吴三桂在崇祯末年封了平西伯，所以叫他通侯。 ⑨ 花枝：古代宴会上有传花枝饮酒的习俗，这里是双关语，兼指陈圆圆。

鸟出樊笼①，待得银河几时渡②。恨杀军书底死催③，苦留后约将人误④。

相约恩深相见难。一朝蚁贼满长安⑤。可怜思妇楼头柳⑥，认作天边粉絮看⑦。遍索绿珠围内第⑧，强呼绛树出雕栏⑨。若非壮士全师胜，争得蛾眉匹马还⑩？

蛾眉马上传呼进，云鬟不整惊魂定⑪。蜡炬迎来在

---

① 娇鸟：指陈圆圆。樊：牢笼。 ② 待得银河几时渡：银河本是天空中若干恒星组成的光带，古代有牵牛星和织女星隔银河相望，到旧历七月七日由鹊搭成桥来让他俩过桥相会的神话。这句诗讲周奎把陈圆圆送给了吴三桂，但吴三桂急于去山海关主持军务，不能立即成婚。 ③ 军书：军事文书。底死催：底死也作"抵死"，拼命的意思，底死催就是拼命催促。 ④ 后约：约是用语言或文字来约定许诺，后约是约定在以后如何如何。以上第二段，讲出身苏州的歌妓陈圆圆如何被周奎买进北京，如何送入宫廷又被退回周奎家，又如何被送给吴三桂。 ⑤ 蚁贼：像蚂蚁般聚合的贼兵。这是吴伟业对李自成农民军的污蔑。长安：此指京城北京。 ⑥ 思妇楼头柳：思念丈夫远行的妇女叫思妇，陈·徐陵有"思妇高楼上"的诗句。 ⑦ 粉絮：这里是指杨花，古人常用杨花来指轻浮不正派的妇女。 ⑧ 绿珠：西晋时石崇的爱妾，赵王伦掌权时，党羽孙秀向石崇指名要绿珠，石崇不给，被杀害，绿珠也坠楼自杀。 ⑨ 绛树：曹魏时善舞的女子。 ⑩ 以上第三段，讲陈圆圆落入农民军将领之手，吴三桂打败农民军后又把她弄回身边。 ⑪ 云鬟：古代女子梳得像云般的发髻。

战场①，啼妆满面残红印。专征箫鼓向秦川②，金牛道上车千乘③。斜谷云深起画楼④，散关月落开妆镜⑤。

传来消息满江乡，乌桕红经十度霜⑥。教曲妓师怜尚在，浣纱女伴忆同行⑦。旧巢共是衔泥燕，飞上枝头变凤皇⑧。长向尊前悲老大⑨，有人夫婿擅侯王⑩。

---

① 蜡炬迎来在战场：吴三桂是在离开北京向西进军中找回陈圆圆的。 ② 专征：古代君主授权大将统军出征叫“专征”。秦川：这“川”是指平川之地而不是指河川。古人把今陕西、甘肃的秦岭以北平原地带叫秦川。 ③ 金牛道：即石牛道，从今陕西勉县向西南越七盘岭、朝天驿到剑门关。 ④ 斜（yé 爷）谷：陕西终南山的谷口，南口叫褒，北口叫斜。 ⑤ 散关：在陕西宝鸡西南的大散岭上，宋以后通称大散关，是从关中进入汉中的重要关隘。以上第四段，讲吴三桂在行军中迎回陈圆圆，又带着她进军关中、汉中。上述金牛道、斜谷、散关等都讲进军汉中，因为是写诗，可以不严格遵照进军顺序。 ⑥ 乌桕（jiù 就）红经十度霜：乌桕是一种落叶乔木，秋天经霜后树叶变红掉落。陈圆圆被周奎买进北京大约在崇祯十四、五年（1641—1642）之间，距离顺治五年（1648）到七年（1650）吴三桂镇守汉中正好十年光景。 ⑦ 浣纱女伴：这首诗里把陈圆圆比作西施，传说西施小时候在家乡浣过纱，所以这里把陈圆圆在苏州时的同伴歌女说成“浣纱女伴”。 ⑧ 凤皇：即凤凰，古代神话中的百鸟之王。其实本是从殷商所崇拜的玄鸟即燕子演化而成的，世界上并无这种生物。 ⑨ 尊：本是先秦的一种酒器，后来作为酒杯的代称。老大：年龄已大。 ⑩ 擅：据有。以上第五段，从当年女伴的感叹来衬托陈圆圆这时的富贵。

当时祇受声名累①，贵戚名豪竞延致。一斛明珠万斛愁②，关山漂泊腰肢细。错怨狂风扬落花，无边春色来天地③。

尝闻倾国与倾城，翻使周郎受重名④。妻子岂应关大计，英雄无奈是多情。全家白骨成灰土⑤，一代红妆照汗青⑥。君不见，馆娃初起鸳鸯宿⑦，越女如花看不足⑧。

---

① 祇（zhī 支）：恰好。 ② 一斛明珠：斛是古代的量器，十斗为一斛，南宋改为五斗一斛。相传西晋时石崇用明珠三斛买到绿珠，这里指周奎用高价买到陈圆圆。 ③ 错怨狂风……来天地：这是说不必怨恨农民军，正因为这样才使吴三桂引来清兵而贵为平西王，等于无边的春光照耀天地。以上第六段，借用陈圆圆自己的口气讲她经历贫贱终致富贵。 ④ 周郎：东吴时大将周瑜被人称为“周郎”，这里指吴三桂。重名：重在这里是被牵累的意思，重名就是牵累到名声。 ⑤ 全家白骨成灰土：因吴三桂引清兵进攻农民军，他父亲全家三十八口都被李自成惩处杀死。 ⑥ 汗青：古人用竹简书写，先用火炙竹青令汗以免虫蛀，叫“汗青”，这里的“汗青”就是指史书。以上第七段，对开头的“冲冠一怒为红颜”作进一步发挥，对吴三桂作再一次谴责。 ⑦ 馆娃：传说吴王夫差在今苏州城外的灵岩山筑有馆娃宫让西施居住。 ⑧ 越女：这里指西施，因为西施本是越国的女子。

香径尘生鸟自啼①，屧廊人去苔空绿②。换羽移宫万里愁③，珠歌翠舞古梁州④。为君别唱吴宫曲⑤。汉水东南日夜流⑥。

【翻译】

君王当年离开了人间，

将军破敌收京让开了山海关。

全军痛哭披上了缟素，

---

① 香径：苏州城外有香山，山前十里有采香径，据说当年夫差叫美人在这里采香。 ② 屧(xiè 谢)廊：屧本是古代鞋子的木底，这里指鞋子。廊，这里指游廊。苏州灵岩山有响屧廊，相传夫差建廊，廊下是空的，西施和宫女在廊上走时会发出响声，因此得名。 ③ 换羽移宫：中国古代音乐有宫、商、角、徵(zhǐ 纸)、羽五音，换羽移宫是改变音调，这里指改朝换代。 ④ 梁州：魏晋南北朝隋唐时均设有梁州，大体包有秦岭以南的汉中地区，当时吴三桂正在这里驻军镇守。 ⑤ 别唱吴宫曲：这吴宫是指平西王吴三桂之宫而不是吴王夫差之宫，所以说"别唱吴宫曲"。 ⑥ 汉水东南日夜流：汉水源出汉中西部今宁强县，向东南流到今湖北武汉进入长江，长江再流过苏州之北进入东海。以上最后一段，从当年吴王夫差的国破身亡联系到吴三桂也不会有好下场，当然，这点在当时不便明说，所以用"东南日夜流"的汉水就把在汉中的吴三桂和当年在长江下游的吴王夫差拉到了一起，让读者自己去联想。

哪知道将军冲冠一怒是为了红颜。
还说红颜流落不是他所系恋，
还说逆贼命定灭亡是因为迷于饮宴。
像闪电般扫荡黄巾平定黑山，
哭毕君王和老父亲再和她相见。

初次和她相见是在外戚周奎之家，
侯门的歌舞演起来真像繁花。
周奎把会演唱的她献给将军，
只等将军来娶就送上油壁香车。
她的家本在姑苏浣花里，
小名叫圆圆衬上罗绮更娇丽。
她曾在梦里到当年夫差的宫苑里游嬉，
被宫娥拥簇进去君王正身起。
她前身真应是西施采莲女，
门前也正临横塘水清碧。
横塘里双桨摇动船去快如飞，
哪家豪门硬要把她强买回。
这时谁知不是薄命，
这时只有泪湿襟衣。
豪门周奎意气熏天直通到宫掖，
可明眸皓齿的她竟没有获得君王怜惜。

从宫掖里领回来仍留在豪门周家，
让她练好时兴歌曲来倾倒贵客。
贵客们传杯宴饮直到日暮，
哀弦中她的心曲向谁倾诉。
只有平西伯这位白净英俊的少年，
拣中了花枝对她频频回顾。
该早点把她这娇鸟带出牢笼，
要等什么时候才能把银河飞渡。
可恨军书拼死地催促，
只好留下信约把人耽误。

相约恩深但相见可难，
一朝蚁贼拥满了长安。
可怜她本是思妇楼头的杨柳，
却被人当作天边的杨花相看。
像索取绿珠那样围住了内宅，
硬把她叫出了雕栏。
如果不是将军大获全胜，
哪能用匹马载她归还。

她在马上一路传呼前进，
云鬟还来不及梳整可惊魂已定。

战场上点起蜡炬把她迎到，
她满面啼痕还残留着红印。
奏起箫鼓将军专征兵进秦川，
金牛道上有车马千乘。
斜谷里云深之处是她的画楼，
散关前明月西落她打开了妆镜。

消息传遍了江南水乡，
乌桕泛红已经历十度秋霜。
可怜那当年教她歌曲的妓师还操旧业，
和她一同演奏的女伴也记起这位同行。
在旧巢里本都是衔泥的燕子，
她却飞上了枝头变成凤凰。
女伴们只好老是在宴会上悲叹年龄长大，
而她却找了个好夫婿贵为侯王。

当年正为有了声名反受累，
贵戚豪门都抢着要延致。
一斛明珠的身价给她带来万斛的愁思，
关山漂泊瘦损了她的腰肢。
但也不必怨恨飘扬落花的狂风，
无边春色到来已使天地呈现芳姿。

曾听说有了倾国倾城的美人，
反而使周郎损伤了声名。
妻子怎应影响大局，
英雄无奈过于多情。
全家的白骨早化为灰土，
一代红妆已照耀汗青。

君不见，当年馆娃宫刚盖起鸳鸯双飞双宿，
花朵般的西施君王怎么看也不会厌足。
可是如今采香径尽是尘土只有鸟在啼叫，
响屧廊也不见人迹空让苔长青绿。
换羽移宫使万里之外也生愁，
珠歌翠舞还热闹在古梁州。
给君另唱了一首吴宫曲，
汉水向东南日日夜夜不停地奔流。

杂　感

这是一组以时事为题材的七言律诗，《梅村家藏稿》里有二十一首，清康熙七年(1668)刊刻的《梅村集》只收了六首。这是因为吴伟业写这些诗虽未站在坚决反清的立场上，但仍歌颂了南明的抗清力量，而对清政权也没有采取多么恭顺的姿态，全部公布怕引来麻烦，不得不酌情删削。这里根据《家藏稿》选译了六首，其一、其十八、其二十一是收进《梅村集》的，另三首没有收。这些诗所讲的时事有几件发生在顺治七、八年(1650—1651)，有的发生在这之前，说明是顺治八年吴伟业四十三岁时撰写的。

其一

这首诗写清初的虐政。顺治七年(1650)七月摄政王多尔衮因北京暑热,要在直隶省永平府的滦州即今河北滦县另建京城,加派直隶、山西、浙江、山东、江南等九省钱粮二百五十万两,当年十二月多尔衮病死后才停罢。这首诗就讲这事情,并说这件事情虽停罢,但到处天灾人祸仍使老百姓无法安生。

闻道朝廷罢上都①,中原民困尚难苏②。
雪深六月天围塞③,雨涨千村地入湖④。

① 上都:元世祖忽必烈在滦水北面建都,元代称之为上都,称北京为大都。这里借用来指多尔衮准备在滦州兴建的京城。 ② 中原:这里指汉族居住的黄河流域、长江流域等广大地区,和当时少数民族居住的东北、西北、西南等边疆地区相对而言。 ③ 雪深六月天围塞:塞是边塞,当时指长城以北地区。说在这里六月天下了大雪,不知是传闻抑真有其事,查《清史稿·灾异志》无此记载。 ④ 雨涨千村地入湖:据《清史稿·灾异志》,顺治年间好些地区闹水灾,仅顺治七年湖北、山东、浙江、陕西、山西、直隶等省就有大雨成灾,黄河还决过一次口,往往“平地水深丈余,村落飘没”。

瀚海波涛飞战舰①，禁城宫阙起浮图②。

关山到处愁征调③，愿赐三军所过租④。

【翻译】

听说朝廷不再营建上都，

可中原百姓的困厄还未解除。

六月天下起大雪围堵了边塞，

又下大雨把千家村落没入江湖。

瀚海波涛中正在试航战舰，

禁城宫苑里还要重修浮图。

关山万里到处都为征调愁苦，

但愿减免三军经过之地的官租。

---

① 瀚(hàn 旱)海波涛飞战舰：清初把被流放的几千户人家派到松花江修造战舰，又因为古书里常说北方有个大海叫瀚海，所以这里可以说成在“瀚海”里飞战舰。 ② 禁城宫阙起浮图：宫阙就是宫殿，因为古代宫门外常筑有两个高台状的阙，所以统称之为宫阙。浮图也作浮屠，本是梵文佛陀的音译，后来把梵文窣(sù 素)堵波即佛塔也误译为浮图，从而浮图成了佛塔的雅称。这里指顺治时西苑里的白塔倒坏后又重新修建，西苑是皇室的宫苑，所以说“禁城宫阙起浮图”。 ③ 征调：征调物资和人力。 ④ 愿赐三军所过租：春秋时大国多设中、上、下或中、左、右三军，后来“三军”就成为军队的统称。愿赐三军所过租，是说希望减免清兵所经地区的田赋。

其三

这首诗写多尔衮的去世。睿亲王多尔衮是清太祖努尔哈赤第十五子，努尔哈赤死后第八子太宗皇太极即位，皇太极死后他的第九子世祖福临即位，当时福临年仅六岁，多尔衮以皇叔身份出任摄政王，独揽大权，顺治元年(1644)率清兵入关，定都北京，并镇压农民军和南明抗清力量。这对满族来说诚然是建立了莫大的功业，在吴伟业心目中则不可能引起好感，因此诗里除了说他“枉抛心力”外丝毫没有哀痛的情调。

旌旗日落起征鸿①，芦管凄凉杂部中②。
鸩鹊废宫南内月③，麒麟枯冢北邙风④。

---

① 旌(jīng 精)：古代旗的通称。征鸿：征是飞，鸿是大雁，征鸿就是远飞的大雁。 ② 芦管：就是芦笙，本是苗、侗、水、彝等西南少数民族的乐器，用芦竹制造，这里借用来指满族的音乐，指多尔衮死后的哀乐。杂部：指满州八旗，是满族的社会组织形式，同时也是军事编制，分正黄、正白，正红、正蓝、镶黄、镶白、镶红、镶蓝共八旗，旗色多杂，所以这里带有贬义地称之为“杂部”。 ③ 鸩(zhī 支)鹊：西汉时建有鸩鹊观，是甘泉苑里的一个宫观，这里借用来指多尔衮的府第。南内：见《永和宫词》注，这里也借用来指在南城的多尔衮的王府。 ④ 麒麟枯冢：杜甫《曲江》诗有“花边高冢卧麒麟”的句子，麒麟就是帝王或大贵族墓前的石兽，并非真指传说中的麒麟。北邙：见《鸳湖曲》注。

金縢兄弟山河固①，玉几君臣笑语空②。

回首蹛林秋祭远③，枉抛心力度江东④。

【翻译】

落日中旌旗暗淡但见天上飞过雁鸿，

芦管吹起凄凉之声传遍八旗之中。

南城的宫室冷清地被月光笼罩，

---

① 金縢（téng 藤）兄弟山河固：金縢是金属制的箱柜，当年周武王病重，周公向先王祈祷自愿代死，并把这自愿代死的简策存放在金縢里。以后成王即位年幼，周公摄政，政敌造谣说周公要篡位，周公出走，成王从金縢中发现简策，才知道周公忠勤，重新请他回来执政。这里借用周公来比摄政王多尔衮。兄弟：指多尔衮和他的同母弟清太祖第十五子豫亲王多铎，多铎在顺治四年（1647）和多尔衮一同辅政，顺治六年（1649）染天花病死。山河固：古代封建王侯常有“使河如带，泰山若厉”的话，见《史记·高祖功臣侯年表》，因而后来有“山河永固”之类的说法。 ② 玉几：见《永和宫词》注。
③ 蹛（dài 带）林秋祭：秦汉时匈奴在秋天八月里到一个地方围绕着林木祭祀，把这个地方叫蹛林，蹛就是围绕的意思。以后东北的鲜卑也有此风俗。这里借用来指清入关前的祭祀。
④ 枉抛心力度江东：度通“渡”，江东是长江以南、南京以东的地区。顺治二年（1645）多尔衮派多铎攻取扬州，渡江占领南京，消灭南明弘光政权。这句诗是说他兄弟俩建立功业不久便先后死去，等于“枉抛心力”。

北邙的冢墓也只有石麒麟迎对寒风。
当年金縢藏策总期望兄弟俩能山河永固，
当年玉几对答哪想到君臣间会笑语成空。
回思起蹕林秋祭往事已很遥远，
真何苦花费那些心思精力来平定江东。

其六

这首诗写山海关。山海关是明清争战时最紧要的一个关隘，明兵在关外作战失败后，从崇祯十四年（1641）起山海关就成为抵御清兵的第一线。崇祯十七年即清顺治元年（1644）四月守将吴三桂开关降清，中原广大地区才开始为清兵所攻占。诗里用含蓄的语句讲了这件大事，最后并追念当年在关外作战牺牲的明朝将领。

万山中断一关分，绝塞东来鸛鹊群①。

---

① 绝塞（sài 赛）：绝在这里是度越的意思，绝塞就是越过边塞。鸛（guàn 贯）鹊群：鸛本是一种像鹤像鹭的食鱼鸟，《左传》昭公二十一年有"与华氏战于赭丘，郑翩愿为鸛，其御愿为鹅"的话，注解说"鸛"和"鹅"都是军阵的名称。另外《尔雅·释鸟》讲到一种"鸛鷒（zhuān 专）"鸟，注解说"此鸟捷劲，虽羿之善射，亦懈惰不敢射也"。至于鹊，是满族崇拜的神物，说祖先布库里英雄是天女吃了神鹊衔的朱果而诞生，因而这里把善于骑射的清兵说成"鸛鹊群"。

少妇燕脂人似月①,通侯鞍马客如云②。
玉河烟柳楼头见③,铁岭风霜笛里闻④。
刘杜至今悲转战⑤,城南谁赛邓将军⑥。

---

① 少妇燕脂人似月:指吴三桂的宠妾陈圆圆,详《圆圆曲》。燕(yān 淹)脂:即胭脂,红色,妇女涂脸颊或嘴唇的化妆品,我国古代已有,但和今天用的质量不一样。 ② 通侯鞍马客如云:通侯见《圆圆曲》注,指吴三桂。客在这里是“门客”、“宾客”,指吴三桂畜养的家丁之流。在明代大将门下的家丁是最有战斗力的。 ③ 玉河烟柳楼头见:玉河源出北京城西北的玉泉山下,流为玉河,汇成昆明湖,出而东南流,环绕紫禁城,注入大通河,又叫御河。这句诗讲清兵入关后进占北京,连玉河边的烟柳都已进入他们的视野。 ④ 铁岭风霜笛里闻:铁岭是清祖先的发祥地,这句诗是说满人的音乐已到处传闻。 ⑤ 刘杜至今悲转战:刘綎、杜松,都是明将,明万历四十四年(1616)努尔哈赤建立后金,两年后攻陷明抚顺等地,明任杨镐(hào 号)为经略,于万历四十七年(1619)调兵八万八千分四路攻后金,努尔哈赤动员八旗兵六万用集中兵力各个击破的战略,先在萨尔浒(今辽宁新宾西浑河边)歼灭杜松军,杜松阵亡,继而歼灭马林军,歼灭刘綎军,刘綎也阵亡,仅李如柏军提前撤退幸免,从此明朝从进攻转入防御。 ⑥ 城南谁赛邓将军:邓将军指邓佐,任定辽前卫指挥使,明成化三年(1467)抵御建州女真,兵少不敌自刎。这建州女真就是后来的满族,这位邓佐成为满族崇拜的神人,起初在他的坟墓前祭祀,叫祭“堂子”,成为满族的祭祀大典,由酋长和后来的君主主祭;入关后把“堂子”移到北京城的东长安街以南祭祀,到清朝灭亡才停止。赛就是祭赛,祭祀谢神的意思。

【翻译】

万山连绵到此中断有座雄关界分，
越过雄关是从东北进来的那八旗成群。
妆点燕脂少妇丰艳好似满月，
簇拥兵马通侯宾客多如密云。
御河的烟柳在楼头就能望见，
铁岭的风霜随笛声到处传闻。
回想起刘、杜苦战至今还使人悲愤，
城南边是谁在祭赛邓佐将军。

其十

这首诗哀悼何腾蛟。何腾蛟是南明抗清的重要人物，崇祯十六年(1643)任右佥都御史巡抚湖广省①，弘光元年即清顺治二年(1645)任湖广总督。弘光朝覆灭后他支持明隆武帝朱聿键，联合退入湖广的李自成农民军旧部，建立十三镇抗清。隆武帝被清兵杀害后他支持明永历帝朱由榔，升任大学士太子太保，和清兵反复战斗，永历三年即清顺治六年(1649)据守湘潭空城时不幸为叛徒汉奸徐勇所执，绝食七日被杀害，永历帝追赠他为中湘王。诗里借用屈原的典故充分歌颂了这位中湘王的忠贞。

① 湖广省：今湖北、湖南二省。

十载间关历苦辛①，汨罗风雨泣孤臣②。

王孙去国余三户③，公子从亡止五人④。

报主有心争赤壁⑤，借兵无力听黄巾⑥。

---

① 十载：从何腾蛟巡抚湖广到牺牲，前后不过七年，这“十载”应是计其成数，也可能这“十”是“七”字之误。间关：历尽道路艰险。 ② 汨(mì 密)罗：汨罗江，湘江支流，流经今湖南省东北部，在今湘阴县入洞庭湖。相传屈原看到楚国危亡而自己无力挽救投汨罗江自杀。 ③ 王孙去国余三户：当年楚国被秦侵吞，楚人不服，有位南公说：“楚虽三户，亡秦必楚也。”见《史记・项羽本纪》。这三户有人认为是三户人家，有人认为是地名叫三户津，这里是用三户人家的解说。王孙是泛指南明的唐王隆武帝、桂王永历帝，他们本来都是明朝的宗室亲王。去国则是离开本国，即离开唐王、桂王等本来的封地而流亡在外。这句诗是说他们流亡在外只剩下三户人家的实力。 ④ 公子从亡止五人：这是用春秋时晋公子重耳即后来的晋文公当初流亡在外的故事，据《左传》僖公二十三年说，公子重耳出逃时“从者狐偃、赵衰(cuī 催)、颠颉、魏武子、司空季子”共五人，这里也是用来说唐王、桂王等流亡时跟随人众寡少。 ⑤ 争赤壁：赤壁指东汉建安十三年(208)孙权、刘备抵御曹操的赤壁之战，孙、刘取胜使曹操统一全国的计划不能实现，大局得以扭转。赤壁即今湖北武昌西边的赤矶山，当时在湖广总督何腾蛟管辖范围之内，所以用“争赤壁”这个典故，说何腾蛟想取得一次像赤壁之战那样的大胜利以打退南下的清兵。 ⑥ 黄巾：这里指何腾蛟所联合的李自成农民军旧部。

谁知招屈亭前水①，却是当时白马津②。

【翻译】

十年来历尽艰险尝尽苦辛，
汨罗的风雨在悲哭孤臣。
王孙流亡兵众剩得三户，
公子出逃跟随只有五人。
有心报国想再大捷赤壁，
无力借兵只好听命黄巾。
谁知道招屈亭前的汨罗水，
却成为宰相捐躯的白马津。

① 招屈亭：查《嘉庆一统志》，长沙府古迹中没有“招屈亭”，只有“屈原塔”，说“在湘阴县北汨罗江边，相传宋玉、景差招屈原魂处，后人于此建塔”，也许吴伟业是误记，也可能借汨罗江边为屈原招魂的事情随便捏写个“招屈亭”。 ② 白马津：在今河南滑县东北。唐亡前原宰相裴枢、崔远和贬官的朝士三十多人在滑州白马县（今河南滑县）的白马驿被准备篡夺帝位的朱温杀死，把尸体都投入黄河，史称“白马之祸”。这里只是借用这个宰相被杀的典故，来说何腾蛟牺牲在距离汨罗江屈原招魂处不远的湘潭市，并无把何腾蛟的牺牲和“白马之祸”相提并论的意思。

其十八

这首诗是谴责大汉奸吴三桂，可和《圆圆曲》合看，可说是《圆圆曲》的缩本。结语“天教红粉定燕山”和《圆圆曲》里的“冲冠一怒为红颜”异曲同工，点到了事情的要害。

武安席上见双鬟①，血泪青娥陷贼还②。
只为君亲来故国？不因女子下雄关③。
取兵辽海哥舒翰④，得妇江南谢阿蛮⑤。

① 武安：西汉外戚武安侯田蚡，见《永和宫词》注。这里指明思宗周皇后之父周奎，周奎买陈圆圆的事情见《圆圆曲》注。双鬟：美女的发髻形式，代指陈圆圆。 ② 青娥：青年女子，指陈圆圆。贼：对农民军的贬称。 ③ 只为君亲……下雄关：这两句是反问口气，实际是说吴三桂开关降清并非为了君亲而是为了陈圆圆。故国：指国都北京。雄关：指山海关。④ 取兵辽海哥舒翰：哥舒翰是唐玄宗的大将，安禄山反叛时他奉命镇守潼关抵御，后开关出战被擒，投降安禄山。这里借用此降将典故来指吴三桂。辽海：地理上的习惯用语，指辽河以东直到海滨的地区，这里指清人入关以前的根据地。 ⑤ 得妇江南谢阿蛮：谢阿蛮据说是唐玄宗时的女伶，新丰县（今陕西临潼东北新丰镇）人，善舞凌波曲，为杨贵妃所欣赏。这里借用来指擅长歌舞戏曲的陈圆圆。江南，地理上的习惯用语，当时指今江苏的长江以南和浙东地区，陈圆圆出生在常州府武进县奔牛镇，到苏州做歌伎，都属于当时的江南地区。

快马健儿无限恨①,天教红粉定燕山②。

【翻译】

当初在武安侯筵席上遇到美人梳着双鬟,

如今美人流着血泪从贼中奔还。

难道真是为了君亲来到故国?

难道不是为了美人打开雄关?

向辽海借兵的降将真像哥舒翰,

从江南取得的歌伎如同谢阿蛮。

快马健儿留下了多少怨恨,

恨天意让红粉来平定燕山。

其二十一

这首诗哀悼瞿式耜。瞿式耜这位抗清英雄的事迹在《后东皋草堂歌》里已讲过。《后东皋草堂歌》写于明永历二年即清顺治五年(1648)瞿式耜还健在正坚持抗清之时,这首诗写于永历四年即清顺治七年(1650)十一月桂林失陷瞿式耜殉难以后。诗中对瞿式

---

① 健儿:战士,魏晋以来就有此叫法。 ② 红粉:本指女子的化妆品胭脂和铅粉,引申指女子。定燕(yān 烟)山:北宋宣和时曾设燕山府,今北京及周围诸县、东至天津均其辖境,这里借用来指北京,定燕山指清兵攻占北京。

耜生平作了全面的评价，也可看作《后东皋草堂歌》的缩本。

万里从王拥节旄①，通侯青史姓名高②。
禁垣遗直看封事③，绝徼孤忠誓佩刀④。
元祐党碑藏北寺⑤，辟疆山墅记东皋⑥。

---

① 节旄（máo 毛）：古代出镇一方的王公大将持有节旄以显示其权力，节是竹制的，柄长八尺，节上缀有牦（máo 毛）牛尾，叫节旄。 ② 通侯：见《圆圆曲》注。永历朝封瞿式耜为临桂伯，可称"通侯"。青史：古代在竹简上记事，所以称史书为"青史"。 ③ 禁垣：宫墙之内，宫廷里。遗直：《左传》昭公十四年有"叔向，古之遗直"的话，意思是耿直有古人遗风。封事：见《永和宫词》注。这句诗指瞿式耜在崇祯元年（1628）任户科给事中时敢于弹劾权贵。明代设有六科给事中的官职，给事中官虽只有从七品，但职司弹劾，有很大威力。 ④ 绝徼（jiào 叫）：边界叫徼，绝徼是边远地区。这里指瞿式耜在边远的广西抗清。誓佩刀：唐代名将李光弼在河阳与安史叛军决战时，曾在靴里放进佩刀，说"万一不捷，当自刎以谢天子"。 ⑤ 元祐党碑：即元祐党籍碑，北宋徽宗崇宁元年（1102）蔡京为宰相，把哲宗元祐年间掌权的司马光、文彦博以下一百二十人说成奸党，立碑在端礼门；崇宁三年（1104）又增加到三百零九人，立碑在朝堂。后来旧史书上把司马光等说成是忠臣，所以名列元祐党碑就成为忠臣受打击的典故。这里指瞿式耜在崇祯九年（1636）和他老师钱谦益被诬下诏狱的事情。北寺：见《后东皋草堂歌》注。 ⑥ 辟疆山墅：《世说新语》说西晋时吴人顾辟疆家有个名园，这里指瞿式耜的东皋草堂。

归来耕石堂前梦①，书画平生结聚劳。

【翻译】

万里之外跟从君王手持节旄，
临桂伯在青史上姓氏崇高。
当年身在禁垣遗直尚留封事，
如今殉难绝徼孤忠曾誓佩刀。
党人名籍应该仍藏在北寺，
辟疆山墅人们还记忆东皋。
纵使英雄归来耕石斋前已成一梦，
书画结聚平生付出多少辛劳。

① 耕石堂：瞿式耜收藏沈石田书画的地方叫耕石斋，但“斋”是仄声，而这里要用平声字，所以改称“耕石堂”，“堂”是平声。这种因调平仄而换个同义字的事情，在旧诗中是常有的。

送杜公弢武归浦口

这是送给前明大将杜文焕的七言古诗。杜文焕字弢武①，原籍南京苏州府昆山县②，和籍贯苏州府太仓州的吴伟业可说是小同乡。但上代就迁居陕西延安卫即今陕西延安市，父亲杜桐、叔父杜松都是和西北河套的蒙族作战建立功勋的大将。杜文焕继承父、叔的事业，万历后期他任延绥总兵时多次出兵河套③，因病辞官；天启元年(1621)任延绥总兵又出兵河套；接着

① 弢(tāo 滔)。 ② 南京苏州府昆山县：今江苏昆山市。
③ 延绥总兵：驻陕西省延安府，今陕西延安市。

四川永宁宣抚司土司奢崇明反明[1]，他又南下收复重庆，因病辞官；天启七年(1627)他又任宁夏总兵[2]，东出抗清，又因病辞官；崇祯三年(1630)他又署延绥总兵，并任提督总率山西、陕西驻军攻打农民军，四年(1631)被免职；崇祯十五年(1642)他复职攻打农民军，又因病辞官。清兵入关后他回到原籍昆山闲住，后来又从昆山到浦口投靠他过去的部属[3]，直到老死。这首诗就是他要去浦口时吴伟业写来送他的。诗里说到顺治四年(1647)吴伟业妻郁氏去世、杜文焕想把女儿嫁给吴伟业的事情，说明这首诗应写在顺治四年以后若干年，但顺治十年(1653)吴伟业就被迫到北京做官，到顺治十四年(1657)吴伟业重回家乡时已四十九岁将入老年，如这时写诗送人在诗里再提婚嫁旧事不太可能，所以这诗应写在顺治十年之前，姑且定为顺治八九年(1651—1652)吧，吴伟业这时四十三四岁。诗中肯定了杜文焕的业绩，并对改朝换代发感慨。

---

① 永宁宣抚司：在今四川叙永。 ② 宁夏总兵：驻陕西省宁夏卫，今宁夏银川市。 ③ 浦口：即今江苏南京的浦口区，和南京城隔江相对。

将军威名著关陇①，紫面虬髯锋骨竦②。西州名士重人豪③，北地高门推将种④。起家二十便登坛⑤，气压三河镇百蛮⑥。夜半旌旗度青海⑦，雪中笳鼓动萧关⑧。当时海内称刘杜⑨，死事忠勋君叔父。黄砂碛上起丰

---

① 关陇：古代地理上的习惯用语，指今陕西及甘肃的六盘山以西、黄河以东的广大地区，杜文焕的军事活动大体在此地区。 ② 虬髯（rán 然）：髯是两颊上的长须，虬髯是卷曲的胡须。锋骨：锋是锋芒，指人的气概，骨也是指人的气概。竦（sǒng 耸）：这里是严肃的意思。 ③ 西州：汉晋时称凉州为西州，汉的西州，大体相当于今甘肃、宁夏和青海湟水流域、陕西定边、吴旗、凤县、略阳等县，可说是杜文焕活动的地区。名士：知名的有文化修养的人。 ④ 北地：秦、汉、北魏、隋都设置北地郡，治所多在今甘肃广阳附近，也可说是杜文焕活动的地区。 ⑤ 起家：旧社会的习惯用语，发迹或开始做官的意思。登坛：刘邦曾设坛场拜韩信为大将，后来就称当上大将为"登坛"，不管有没有真设过坛。 ⑥ 三河：东晋时后凉吕光自称三河王，设置三河郡，所谓三河是金城河、赐友河、湟河。杜文焕"气压三河"就是指这三河。百蛮：古代对南方少数民族的总称，"百"是形容民族之多。杜文焕曾南下平定四川土司奢崇明，所以说他"镇百蛮"。 ⑦ 青海：指今青海省的青海湖，杜文焕其实没有在青海打过仗，只因青海在西北，所以写起诗来可以随便用。 ⑧ 笳（jiā 家）：胡笳，古代管乐器，最初为西北少数民族所使用，以后汉族军队中也使用。萧关：古关名，遗址在今宁夏固原东南，是中原通向塞北的重要关隘。 ⑨ 刘杜：指刘綎和杜文焕的叔父杜松，是明朝的两位名将，都在征讨努尔哈赤的萨尔浒战役中阵亡殉国，见《杂感》六注。

碑①，李氏功名何足数②。君为犹子有家风③，都护防秋仗节同④。白帝传烽移剑外⑤，黄巾闻警出榆中⑥。

① 黄沙碛（qì 戚）上起丰碑：碛是沙石、沙漠。杜松殉国后明政府曾给他立祠赐祭，这句诗应就是说这件事，也可能是泛指杜松的功绩像丰碑般地永远留在战场，而并非真在沙碛上给杜松立碑。 ② 李氏功名何足数（shǔ 暑）：李氏指镇守东北的明大将李成梁一家。李成梁早年确有战功，晚年已显暮气，五个儿子如松、如柏、如桢、如樟、如梅中，只有长子如松在万历年间救援朝鲜有功，次子如柏在萨尔浒战役中奔逃幸免，在舆论压力下自杀，如桢等也都无所建树。"何足数"见《鸳湖曲》注。 ③ 犹子：古人称侄儿为犹子，是等于自己儿子的意思。家风：门风，本家族的传统。 ④ 都护：汉、魏、晋、唐都曾设有都护，是镇守边疆的高级军事长官。防秋：唐中期吐蕃强盛，经常威胁关中地区，唐政府每年从河南、江淮等地调兵到长安西北守御，叫"防秋"。节：大将所持的旌节。 ⑤ 白帝传烽移剑外：白帝指白帝城，在今重庆奉节的白帝山上，这里指重庆为奢崇明攻陷。传烽，古代在边境设若干烽火台，敌人入侵，最前哨的一个烽火台点燃烽火，下一个台远远看到，接着点燃，这样一个个点燃下去，可把警报传得很远，叫传烽。移是调动军队。剑外是指剑阁以南今四川地区，唐人常有此说法。这句诗是讲杜文焕南下参与平定奢崇明。 ⑥ 黄巾闻警出榆中：榆中是古地名，在今陕西东北角，这里指延安府，杜文焕任延绥总兵时驻守之地。这句诗讲杜文焕于崇祯三年、十五年两次任延绥总兵出师攻打农民军。以上第一段，讲杜文焕的出身和所建功绩。

功败垂成谋不用①,十年心力堪悲痛②。只今天地满风尘,余生沦落江南梦。江南烟雨长菰蒲③,蟹舍鱼庄家有无④。醉里放歌衰鬓短⑤,狂来摇笔壮心苏⑥。自言少年好诗酒,学佛求仙遍师友。床头真诀幸犹存⑦,肘后《阴符》复何有⑧。

嗟余憔悴卧江潭⑨,骑省哀伤初未久⑩。君来一见

① 功败垂成谋不用:这句诗讲的不是事实,杜文焕最后两次打农民军之不能成功是他能力不济,并非政府不用他的谋略以致功败垂成,只因这是送给杜文焕本人的诗,才不得不来点曲笔。 ② 十年心力:崇祯三年、十五年两次打农民军,其间相距十三年,大体可说十年。 ③ 烟雨:烟雾般的蒙蒙细雨。菰(gū 孤):禾本科植物,根际有白色匍匐茎能长成食用的"茭白",产长江以南低洼地区。蒲:水生植物,可以制席。 ④ 蟹舍鱼庄:捕蟹捕鱼人所住的地方。 ⑤ 鬓(bìn 兵去声):面颊两旁近耳的头发。 ⑥ 苏:恢复。 ⑦ 真诀:指佛教道教的经咒口诀,"真"是得真传而非虚假的意思。 ⑧ 肘(zhǒu 帚):手臂中部旁曲处的外侧叫肘。《阴符》:《阴符经》,托名黄帝所撰,内容是道家言论,并夹杂了军事理论。以上第二段,讲改朝换代后杜文焕的处境。 ⑨ 江潭(xún 旬):江水边。 ⑩ 骑省哀伤:西晋文学家潘岳,他所撰《秋兴赋》的序里有"寓直于散骑之省"的话,所以这里可称他为"骑省"。哀伤:是指潘岳写过有名的哀伤亡妻的《悼亡诗》。这"骑省哀伤"就是指妻死去。

即论文，谓结婚姻商不朽①。蹉跎此意转成空②，自恨愆期负若翁③。非是隽君辞霍氏④，终然丁掾感曹公⑤。此后相逢辄悲叹，秦关何处乡书断⑥。苦忆江南欲住难，羁栖老病无人看⑦。

三经出塞五专征⑧，一卷诗书记姓名⑨。奴仆旌旄

---

① 结婚姻：指杜文焕要把女儿嫁给吴伟业。不朽：《左传》襄公二十四年说："大上有立德，其次有立功，其次有立言，虽久不废，此之谓不朽。"这里用"不朽"指留下诗文以期不朽。

② 蹉跎(cuō tuó 搓沱)：时间白白过去。 ③ 愆(qiān 千)期：失期，失信。若翁：你的父亲，这是用对杜文焕的女儿说话的口气。 ④ 隽(juàn 倦)君辞霍氏：西汉时隽不疑名声重于朝廷，大将军霍光要把女儿嫁给他，他坚决辞谢掉。 ⑤ 丁掾(yuàn 院)感曹公：曹操想把爱女嫁给丁仪，儿子曹丕说丁仪眼有毛病，曹操听信作罢；后来曹操让丁仪作他的掾，发觉丁仪真有才华，非常懊悔。掾，是职官的名称，汉、魏、晋、南北朝时掌权的贵显官都可以自行任命若干掾在手下办事。 ⑥ 秦关：秦地的关隘，指杜文焕上代就迁居的延安卫。乡书断：指仍在延安卫的亲友音讯断绝。 ⑦ 羁(jī 基)：在外作客。昆山虽是杜家的故乡，但已居延安卫多年，这时回到昆山反像在外作客。栖：居住。以上第三段，讲杜文焕和吴伟业的交往。 ⑧ 三经出塞五专征："三"、"五"一般是多数的意思，如是实数，则三经出塞应指杜文焕万历时和天启元年、天启七年三度出塞，再加上天启元年出征奢崇明、崇祯三年打农民军可算五次专征。 ⑨ 一卷诗书记姓名：《史记·项羽本纪》有"书足记名姓而已"的话。这句诗指杜文焕不仅能武，而且能文会作诗。

多甲第①,亲朋兵火剩浮生②。重向天涯与我别③,凭栏把酒添凄咽④。烟水芦花一雁飞,回头却望江南月⑤。

【翻译】

将军的威名遍传关陇,
将军的容貌紫面虬髯神清骨竦。
西州的名士是当世人豪,
北地的高门被共推将种。
起家才二十岁便登上了场坛,
气势笼罩三河镇慑百蛮。
半夜里旌旗招展度越青海,
大雪中笳鼓响动震撼萧关。
当时海内名将人称刘和杜,
尽忠殉国是君家的叔父。

---

① 甲第:显贵者住的大宅第。 ② 浮生:漂泊无定的人生。 ③ 重向天涯与我别:这诗是送杜文焕去浦口,浦口离昆山不很远,一般不能算"向天涯",但写诗允许夸大。 ④ 凄咽(yè 夜):凄凉悲哀的声音。 ⑤ 烟水芦花……江南月:浦口在长江北岸,所以这里借用大雁北飞仍回望江南,来说杜文焕虽去浦口仍会留恋江南昆山原籍。以上最后一段,对杜文焕作一个总的评论,并从"奴仆旌旄多甲第"转入杜文焕要去浦口依靠旧部,归结到诗的题目。

黄沙碛上树立起丰碑，
李家的功名哪足比数。
君是侄儿能继承家风，
都护仗节防秋和君的事业相同。
白帝烽火传来就移师剑外，
黄巾警报响起就出兵榆中。

功败垂成是君的谋略不曾被听用，
回想起那十年耗费的心力真堪悲痛。
到如今天地间到处布满风尘，
兵火余生沦落在江南重温旧梦。
江南烟雨霏霏长满了菰蒲，
在蟹舍鱼庄里家还有无？
酒醉中放声歌唱哪管鬓毛衰短，
狂放起来摇动笔杆当年壮心复苏。
自己说年轻时喜欢做诗喝酒，
学佛求仙寻遍师友。
如今床头的真诀还幸而存留，
肘后的《阴符》却早不复保有。

叹息我神态憔悴困卧在江潭，
悼亡哀伤的日子过去不久。

君到来一见面就谈论诗文，
要把女儿嫁我还共商不朽。
光阴虚度这心愿终究成空，
恨我错过机会辜负你翁。
并非如隽君那样辞却霍氏，
仍旧像丁掾那样感激曹公。
此后相见老是对我悲叹，
秦关遥远乡书久断。
留恋江南但住下去也感困难，
年老多病客中无人照看。

曾经三次出塞五度专征，
一卷诗书可记下姓名。
当年的奴仆都树起旌旄住上大府第，
亲朋经历兵火只剩得漂泊无定的浮生。
重向天涯和我作别，
靠着栏杆端起酒杯更感到凄咽。
烟水茫茫芦花丛中飞过大雁，
还时时回头看望那江南明月。

自　叹

这是一首表白心情的七言律诗。本来,南明弘光政权覆亡后吴伟业已不再参与政治活动,既不敢反清,也不愿做清朝的官,想当个明朝的遗老,老死乡里。后来由于清江南江西总督马国柱的推荐逼迫,才在顺治十年(1653)他四十五岁时不得已应朝廷征召去北京做官。这首诗是他离家之后在四月里到达南京时写的,表白了他不愿出山的本意和不得已北行的委屈心情。

误尽平生是一官，弃家容易变名难①。
松筠敢厌风霜苦②，鱼鸟犹思天地宽③。
鼓枻有心逃甫里④，推车何事出长干⑤？
旁人休笑陶弘景，神武当年早挂冠⑥。

---

① 弃家容易：弃家就是抛弃这个家，远走他乡。但吴家是太仓的世家大族，广有田地产业，要抛弃谈何容易，这“弃家容易”只是吴伟业空发豪言壮语。变名：改姓换名，隐姓埋名，让人家无从踪迹找寻。 ② 松筠（yún 云）：《礼记·礼器》说：“其为人也，如竹箭之有筠也，如松柏之有心也。二者居天下之大端矣，故贯四时而不改柯易叶。”筠是竹的青皮，它和松柏的树心都是最坚贞的东西，依靠这筠和心才使竹和松柏四时长青，后人就用来指人的坚贞不变节。风霜：这里借用来指人事的磨难。 ③ 鱼鸟犹思天地宽：南北朝时梁的皇子萧方等写过一篇论，说：“鱼鸟飞浮，任其志性，若使吾终得与鱼鸟同游，则去人间如脱屣耳。”这句诗的意思是讲他自己很想像鱼和鸟那样在广阔天地间自由地飞翔浮游。 ④ 鼓：振动。枻（yì 义）：短桨。逃：躲藏。甫（fǔ 府）里：即今江苏吴县东南的甪（lù 路）直镇，唐末文学家陆龟蒙曾隐居在这里，自号甫里先生。 ⑤ 长干：六朝时的里名，在今江苏南京。 ⑥ 旁人休笑……早挂冠：陶弘景是南朝齐梁时道教的知名人士，原先做官，南齐永明十年（492）脱朝服挂神虎门，上表辞禄，归隐今江苏句容的句曲山中，后人就把此事作为辞官隐居的故事。这神虎门，因为唐人避其先世的名讳，也叫神武门。挂冠，也就是辞官的意思。

【翻译】

误尽了平生只缘这区区一官，
抛弃这个家容易改换姓名可难。
松筠哪敢厌倦风霜清苦，
鱼鸟还在想着天地广宽。
打起船桨本来打算隐居甫里，
推起车子为了什么路出长干？
旁人请不要笑话陶弘景，
当年在神武门上也曾挂冠。

钟　山

这首《钟山》和下面的《台城》、《国学》、《观象台》、《鸡鸣寺》、《功臣庙》、《玄武湖》、《秣陵口号》一共八首七言律诗，都是顺治十年(1653)四月吴伟业四十五岁时北上路过南京时所写的。前七首都用南京的某个名胜或前朝遗迹作为题目，最后的《秣陵口号》则来个总括。钟山，也叫蒋山，今通称紫金山，在今南京市区之东，山南是明朝开国皇帝太祖朱元璋陵墓孝陵的所在地。这首诗名为咏钟山，实为咏孝陵，从当时孝陵的荒凉讲到南明弘光政权的覆亡。

王气消沉石子冈①，放鹰调马蒋陵旁②。

金棺移塔思原庙③，玉匣藏衣记奉常④。

杨柳重栽驰道改⑤，樱桃莫荐寝园荒⑥。

---

① 王气：帝王之气，是古人的迷信说法。石子冈：在南京南边的高阜。 ② 放鹰调马：鹰是打猎用的鹰，马是战马，指清兵在活动。蒋陵：三国吴大帝孙权的陵墓，在明孝陵附近，因为钟山又叫蒋山，所以这个陵也叫蒋陵。但这里的“蒋陵”其实是指孝陵，诗的下面几句都是指孝陵而言，说“蒋陵”而不说“孝陵”，是怕太触犯时忌。 ③ 金棺移塔思原庙：吴伟业自注：“金棺为志公，在鸡鸣寺。”志公是南朝的高僧宝志，他死后，迷信佛教的梁武帝把他厚葬在钟山。朱元璋生前要建造自己的陵墓，把宝志的灵骨迁葬到钟山东南，并在那里修建了一个灵谷寺，在宝志骨函上还建立了一座宝塔。金棺，是指迁葬时发掘到的藏灵骨的小型金棺银椁，据自注，这个金棺移藏在鸡鸣寺。原庙，本指皇室的太庙以外另立的宗庙，这里指明孝陵祭祀太祖的享殿。 ④ 玉匣藏衣记奉常：吴伟业自注：“太常有高庙衣冠。”太常，官名，秦时叫奉常，西汉时改称太常，以后历朝都设置，主管国家的祭祀、礼乐，明代则有太常寺，长官叫太常寺卿。高庙，指明太祖，太祖是庙号，谥号叫高皇帝，所以可称之曰高庙。玉匣，本指帝王贵族葬敛时穿的金镂玉衣，见《永和宫词》注。这里借用来指收藏明太祖衣冠的匣子。 ⑤ 驰道：本指专供帝王车马行驶的宽阔大道，秦始皇时开始有此名称，这里指孝陵附近的官道大路。 ⑥ 樱桃莫荐寝园荒：吴伟业自注：“时当四月。”案明代规定每个月的初一这天要向太庙进送时新的菜蔬、水果和鸡鱼鹅鸭兔雁等食物，四月初一进送的是樱桃、杏、鲥鱼、雉。荐，就是进送。寝园，陵寝，园陵，也就是皇帝陵墓的别称。

圣公没后无抔土①，姑孰江声空夕阳②。

【翻译】

王气消沉空留下个石子冈，
放鹰调马竟来到了蒋陵旁。
金棺移塔叫人思念太祖的陵庙，
玉匣藏衣叫人记忆前朝的太常。
杨柳重新栽过驰道已经改变，
樱桃没人进送寝园也显荒凉。
圣公死后连一抔坟土也没有，
只剩下姑孰的江声空对着夕阳。

① 圣公没后无抔土：西汉皇室远支刘玄，字圣公，王莽时参加起义的平林兵，以后合于绿林军，在长安称帝，年号更始。后赤眉军攻入长安，他投降，被绞死。这里用来指在南京称帝年号弘光的福王朱由崧。弘光元年(1645)五月清兵进攻南京，朱由崧逃到当时的南京太平府芜湖县(即今安徽芜湖)，为清军所俘，押送北京处死，死后连个坟墓也没有，所以说“圣公没后无抔土”。没，通“殁”，死亡。 ② 姑孰：古城名，东晋时所筑，在今安徽当涂，当涂和芜湖在明代都是太平府所管辖的县。

台　城

台城是东晋南朝台省即政府机关以及皇宫的所在地，筑有城墙，遗址在南京鸡鸣山之南乾河沿一带。这首诗是借台城为题，来哀叹明朝的覆亡。

形胜当年百战收①，子孙容易失神州②。

① 形胜当年百战收：地理形势优越叫形胜或形胜之地，一般多指地势险要而言。这句诗是说明太祖打天下取南京的不容易。 ② 子孙容易失神州：神州本是中国的别称，《史记·孟荀列传》里就有“中国名曰赤县神州”的说法，这里指京城南京，因为京城失守一般就导致政权覆亡。这句诗是指建文四年(1402)燕王即成祖朱棣打进南京迫使惠帝朱允炆(wén 文)出亡，和弘光元年(1645)清兵攻占南京俘杀福王朱由崧，这是明太祖的子孙先后两次丢失南京，所以说“容易失神州”。

金川事去家还在①，玉树歌残恨未休②。
徐邓功勋谁甲第③，方黄骸骨总荒丘④。
可怜一片秦淮月⑤，曾照降幡出石头⑥。

【翻译】

形胜之地想当年百战才能攻取，
传到子孙很容易就丢失了神州。
金川门大事虽去朱家天下还在，
玉树歌不及唱完遗恨哪能止休。
徐、邓的功勋甲第如今为谁占有，

---

① 金川：金川门，是明南京的城门，燕王的军队从这里进城。家还在：指惠帝虽出亡，但政权还属朱家。 ② 玉树歌残：《玉树后庭花》是南朝陈后主所作的歌曲，隋灭陈，后主被俘，所以唐诗人许浑的《金陵怀古》诗头一句就是“玉树歌残王气终”，这里用来指福王弘光朝的覆灭，正好福王也最喜欢听昆曲。 ③ 徐邓：徐达、邓愈，都是帮明太祖打天下的大将，开国功臣。 ④ 方黄：方孝孺、黄子澄，都是辅佐明惠帝的大臣，燕王进入南京后，都不屈被惨杀。骸（hái 孩）：尸骨。 ⑤ 秦淮：指秦淮河，源出江苏句容的大茅山和溧水的东芦山，经南京流入长江，在明清两代，南京秦淮河边是歌妓活动的场所，极为繁华。 ⑥ 曾照降幡出石头：唐诗人刘禹锡的《西塞山怀古》诗有“一片降幡出石头”的句子。降幡，也就是降旗。石头，即石头城，也叫石城，本是古城名，在今南京清凉山，东晋南朝时曾为军事重镇，后人把它作为南京的代称。

方、黄的骸骨终究成为荒丘。
最可怜如今秦淮河上的一钩明月，
曾经照临降幡矗立出石头。

国　　学

国学，即国子学、国子监，我国古代中央政府在京城里设置的最高学府。明代的国子监在南京的鸡鸣山下，后来成祖迁都北京，在北京另设国子监叫“北监”，留在南京的叫“南监”。吴伟业在崇祯十二年(1639)曾任南京国子监司业，旧地重游，自有很多感慨。

松柏曾垂讲院阴①，后湖烟雨记登临②。

① 讲院：南京国子监里有讲院，是讲学的场所。 ② 后湖：即玄武湖，邻近鸡鸣山。

桓荣空有穷经志①，伏挺徒增感遇心②。

四库图书劳访问③，六堂弦管听销沉④。

白头博士重来到⑤，极目萧条泪满襟。

【翻译】

讲院里原先是松柏阴阴，

烟水迷茫的后湖记得也曾登临。

空存桓荣乱世穷经的意愿，

还有伏挺感激恩遇的心情。

当年四库图书曾劳访问，

---

① 桓荣：后汉初著名的儒生，当王莽末年天下大乱，他曾抱了经书和弟子逃匿在山谷里讲学。这里吴伟业借以自况，说他本愿是躲在家乡读书，和桓荣当时那样。 ② 伏挺：南朝萧梁时著名儒生，十八岁就被梁武帝所识拔做官。吴伟业在这里也是借以自况，因为吴伟业也是在青年时就举会试第一，殿试第二，算是受明思宗的识拔。感遇：即感激恩遇。 ③ 四库：唐玄宗时把皇家的书籍分藏经、史、子、集四个库，以后“四库”一词就成为大量藏书的代称。 ④ 六堂：明代南京国子监分六堂，学生们在这里住宿活动。弦管：古代儒生讲诵礼乐，有弦歌之声，后来就把弦歌、弦管代指讲学之声。 ⑤ 白头博士：博士是古代学官的名称，因吴伟业做过南京国子监司业，所以可自称博士。吴伟业这年四十五岁，在古人看来已近老年，所以可自称“白头”，并非头发真已变白。

如今六堂弦管已叹销沉。

我这个白头博士重新来到，

放眼看去景色萧条不觉老泪洒满衣襟。

观　象　台

我国的天文观测起源很早，好些朝代都有观象台之类的设置。南京的观象台在鸡鸣山，是明洪武十八年（1385）建立，属钦天监管辖。当时曾把元代天文学家郭守敬铸造的若干仪器从北京移来在台里使用，所以诗里提到，并借此发感慨。

侯日观云倚碧空①，一朝零落黍离同②。

① 候日观云：古代天文观测有候日观云的内容，候日是看太阳的变异，观云是看云彩的状态，后来就以此概括天文观测活动。 ② 黍离：本是《诗·王风》的篇名，据说是东周的大夫到旧都镐京，看到毁坏的宗庙宫室而写成，诗的每段都以“彼黍离离”开头，是说废墟上长的黍已离离下垂，后人常用来指改朝换代后景色的凄凉。

昔闻石鼓移天上①，今见铜壶没地中②。
黄道只看标北极③，赤乌还复纪东风④。
郭公枉自师《周髀》，千尺荒台等废宫⑤。

【翻译】

当年在这里候日观云高耸天空，
一旦零落和黍离之诗的感慨相同。
从前都知道把石鼓搬去天上，
如今却看到铜壶已埋没地中。

---

① 昔闻石鼓移天上：吴伟业自注："元移石鼓于大都。"石鼓即春秋时秦国君主的游猎诗石刻，刻在鼓形的十块石头上，后人称之为石鼓。大都即元朝的京城北京，古人常称京城即天子的所在地为"天上"。这句诗说蒙古人建立的元朝还懂得爱护像石鼓这样的文物，不像清政府让测候仪器丢在观象台不去过问。 ② 铜壶：古人用来计时的刻漏。 ③ 黄道：天文学上的名词，指地球公转轨道平面和天球相交的大圆，在浑天仪上就有代表黄道的大圈。北极：本是指地球的自转轴的北端，但古人又常把朝廷所在地称之为北极，这里是后一种用法，指当年的明朝朝廷。 ④ 赤乌：指风向器上的风标，古代多作乌的形状。东风：在这里指赤壁之战时刮起的东风，意思是东风虽有，但打败北方强敌的赤壁之战不再重来，为江山落入清人之手发感慨。 ⑤ 郭公枉自……等废宫：吴伟业自注："浑仪，郭守敬所造。"周髀（bì 必），指《周髀算经》，我国古代讲天文历法的书，当是西汉时人所作。

浑天仪的黄道仍标有北极，
风向器的赤鸟还指明东风。
郭公啊，你枉抛心力师法《周髀》，
千尺高的观象台荒芜得一如废宫。

鸡　鸣　寺

鸡鸣寺是南京的一大名胜，它始建于明洪武初年，当时只是普济禅师的庙，以后才改为寺。从规模来说它不算大，但因为座落在城东的鸡鸣山上，向东面对玄武湖，向西俯视城区，游人最多。另外，明代的南京国子监就在鸡鸣山下，和鸡鸣寺毗邻，所以这首诗的颔联、颈联都是一句讲南监，一句讲寺，用寺的冷落来陪衬南监的废坏。

鸡鸣寺接讲台基①，扶杖重游涕泪垂。

① 讲台基：讲台是指南京国子监的讲院，这时已经荒废。基就是“基础”的“基”。

学舍有人锄野菜，僧寮无主长棠梨①。
雷何旧席今安在②？支许同参更阿谁③？
唯有志公留布帽，高皇遗笔读残碑④。

【翻译】

鸡鸣寺毗邻着南监讲台的旧基，

① 僧寮（liáo 辽）：寮本是小屋，这里的僧寮泛指佛寺僧房。棠梨：也叫杜梨，蔷薇科的落叶乔木，是黄河流域和长江流域常见的野生植物。 ② 雷何旧席：雷何指南朝刘宋时的雷次宗和何尚之、何承天。当时雷次宗以儒学总监诸生，又建四学，其中何尚之立玄学，何承天立史学，都是和明国子监祭酒、司业等地位相当的前朝人物。席指讲席，也就是讲座，讲授者的座位。这里的雷何旧席就是指明南京国子监祭酒、司业等的讲席。 ③ 支许同参更阿谁：支是东晋时的高僧支遁，许是精于佛学的许询，曾同讲《维摩诘经》，支遁为法师，许询为都讲。同参，指佛教信徒间的共同研讨。这句诗是说吴伟业任南京国子监司业时曾和鸡鸣寺僧一起谈论，有如当年的支许同参，如今已无人可谈，所以说“更阿谁”。 ④ 唯有志公……读残碑：吴伟业自注：“寺碑有高庙御笔题赞志公像。”志公就是前面所说灵骨用金棺盛放的南朝高僧宝志，据说他曾被南齐武帝迎进华林园，忽然发觉他戴起三顶布帽，不久武帝和两个儿子都先后死去，南齐也不久灭亡。这里用“留布帽”的典故是影射明亡，明思宗自杀和福王、唐王等被杀等于齐武帝父子的死亡。“高皇”、“高庙”都是指明太祖朱元璋。

我扶杖重游禁不住涕泪双垂。
学舍有人在锄拣野菜，
僧房无主尽长着棠梨。
想往昔雷、何旧席如今试问安在？
像当时支、许同参目前更能有谁？
只有留下布帽的志公，
要读太祖高皇帝给他画像的题赞还可寻找残碑。

功 臣 庙

明洪武二年(1369)在鸡鸣山下建立功臣庙,入祀的有徐达、常遇春等二十一位开国功臣,已死者塑其像,生存者虚其位。到清初这个庙尚未毁废,所以吴伟业重游鸡鸣山时也给它写了一首诗,追溯前明开国盛况以寄感慨。

画壁精灵间气豪①,鄂公羽箭卫公刀②。

---

① 画壁:在墙壁上画像,但功臣庙实际是塑像,写诗可以不拘。间气:古代的纬书上有"正气为帝,间气为臣,秀气为人"的说法。 ② 鄂公:唐开国时勇将鄂国公尉迟敬德。羽箭:就是弓箭的箭,因为箭的后端装上羽毛以便射出后不偏斜,所以也叫羽箭。卫公:唐开国时大将卫国公李靖。卫公和鄂公在诗里是借用来指徐达、常遇春等功臣。

丹青赐额丰碑壮①，棨戟传家甲第高②。
鹿走三山争楚汉③，鸡鸣十庙失萧曹④。
英雄转战当年事，采石悲风起怒涛⑤。

① 丹青：指庙宇砖木结构上涂的朱红色和青蓝色，也可以指所赐匾额上涂的颜色。 ② 棨（qǐ 启）戟：古代作仪仗用的套了缯（zēng 增）衣的木戟。唐代三品以上的高官可以在门前列戟，就是用的这种棨戟。明代已没有列戟的制度，这里用“棨戟”无非是形容功臣后裔在明亡前的门庭显赫。 ③ 鹿走：《史记·淮阴侯列传》有“秦失其鹿，天下共逐之”的说法，“鹿”，“禄”同音，“失鹿”也就是“失禄”，丢失帝位的意思。这里的“鹿”就是“失鹿”之“鹿”，这鹿在跑，朱元璋和其他反元势力陈友谅等在争夺它。三山：在南京城西南，崛起长江之中，是军事要地。楚汉：秦以后的楚汉之争，这里借用来指朱元璋和陈友谅之争。 ④ 十庙：明初在鸡鸣山下建有帝王庙、功臣庙和十庙，这十庙是北极真武、都城隍等十个庙，本和功臣庙无关，但后来明人多用“十庙”一词作为鸡鸣山下帝王、功臣和北极真武等庙的总称，把功臣庙也算在十庙之中，这里的“十庙”就是包括帝王、功臣等在内的十庙。失萧曹：杜甫《咏怀古迹》诗里称诸葛亮“指挥若定失萧曹”，意思是指挥全局胸有成算，使西汉初年的萧何、曹参也为之失色。这里用“失萧曹”是说徐达等功臣的勋业使萧、曹失色。 ⑤ 采石悲风起怒涛：采石就是采石矶，在今安徽省马鞍山市长江东岸，是牛渚山突出到长江的一个大石矶，形势险要。当年朱元璋由长江东下，常遇春先登拔牛渚，占领采石，然后取得南京。这时明朝已覆亡，所以连采石矶也要刮起悲风激起怒涛，来表示对江山变色的愤慨。

【翻译】

画壁上功臣的相貌是间气在逞英豪，

上面有鄂公的大羽箭和卫公的佩刀。

丹青绘饰着御赐的匾额更有高大的碑石，

后裔们都是棨戟传家门第崇高。

当年楚汉争鹿在三山冲要，

如今鸡鸣十庙还失萧曹。

可叹英雄转战已成陈迹，

只剩得采石矶刮着悲风激起怒涛。

玄 武 湖

玄武湖在今天仍是南京一大名胜。但在明代则更有它的特殊作用，朱元璋取得天下后在湖里的洲上建筑黄册库，作为收藏全国户籍簿即黄册的场所，因而湖也被封禁了近三百年，到清兵南下后才解禁让人们去钓鱼去游玩。这本来不是坏事，但是吴伟业从朝代改换的角度仍发出慨叹。

覆舟西望接陂陀①，千顷澄潭长绿莎②。

---

① 覆舟：覆舟山，在南京东北，东连钟山，北临玄武湖。陂(pō 坡)陀：倾斜不平貌。 ② 莎(suō 梭)：莎草，生长在沼泽地的多年生草本植物。

六代楼船供士女①，百年版籍重山河②。

平川岂习昆明战③，禁地须通太液波④。

烟水不关兴废感，夕阳闻已唱渔歌⑤。

【翻译】

覆舟山向西看去是接连不绝的陂陀，

清澄的千顷湖水长满了绿莎。

六朝的楼船如今好供士女游玩，

黄册在这里收藏了三百年重要有如山河。

平川哪能练习昆明水战，

---

① 六代楼船供士女：六代，即六朝，在南京建都的吴、东晋、宋、齐、梁、陈六个朝代，当时曾利用玄武湖训练水军。楼船：本是古代水军作战用的战船，上有高楼，所以叫楼船，但后来也用来指游船。这句诗的意思是六朝训练水军的玄武湖现在变成士女乘船游乐的场所。 ② 百年版籍重山河：吴伟业自注："湖置黄册库，禁人游玩。"版籍就是指明代的户籍簿黄册，因为先秦时把户籍书写在版上，所以后人仍把用纸抄写的户籍簿叫做版籍。山河，在这里是国土、疆域的代称。③ 平川：平地。昆明战：西汉武帝在长安西南开凿周围四十里的昆明湖，练习水军准备讨伐在今云南的昆明国。这玄武湖在南朝也曾叫昆明池，后才改名玄武湖。 ④ 太液：西汉武帝曾在宫禁内开凿太液池。 ⑤ 烟水不关……唱渔歌：吴伟业自注："时已有渔舟，非复昔日之禁矣。"

禁地应该通到太液澄波。
茫茫烟水不会发出兴亡感慨，
夕阳之中已经听得阵阵渔歌。

秣陵口号

口号，是作诗随便吟成，不打草稿、不加修饰的意思，也可写作“口占”。秣陵，是古县名，晋灭吴后以秦淮河以北为建邺，以南为秣陵，因而后来也用秣陵来代称南京。这首《秣陵口号》是对改换朝代后的南京作总的感慨，和前面七首各咏一地一名胜写法不同。

车马垂杨十字街，河桥灯火旧秦淮①。

① 河桥：指横跨秦淮河的镇淮桥，南京城南门外古朱雀桥所在地。

放衙非复通侯第①，废圃谁知博士斋②。

易饼市旁王殿瓦，换鱼江上孝陵柴。

无端射取原头鹿，收得长生苑内牌③。

【翻译】

车马经过杨柳低垂的十字街，

河桥边亮着灯火是旧时的秦淮。

官府放衙不再是前朝公侯的宅第，

园圃荒废谁知是前朝南监的厅斋。

在市肆卖饼旁边堆着王殿的砖瓦，

在江上换鱼肩头挑着孝陵的树柴。

随便射了原头上的麋鹿，

却发现它身上悬挂着长生苑的银牌。

---

① 放衙非复通侯第：吴伟业自注："中山赐宅改作公署。"中山是指明开国功臣中山王徐达，在南京有御赐的大宅，以后一直为世袭魏国公的徐家后裔所有，到明亡后才被没收为兵备道衙门。放衙：官府免去属吏早晚两次的参见。 ② 博士斋：明南京国子监里有博士厅，这里泛指监中的建筑。 ③ 无端射取……苑内牌：明代南京孝陵畜养鹿几千头，项上悬挂银牌，不准捕杀，犯者要处死。据说明末陵上还可以见到这种银牌鹿。古人把不准捕杀的动物都加"长生"之称，如"长生鹿"、"长生牛"、"长生猪"等等。无端，就是无故、随便。

遇南厢园叟感赋八十韵

这是顺治十年(1653)四月,吴伟业四十五岁时在南京写的五言古诗。南厢,是明朝南京国子监里司业办事的地方,吴伟业在明崇祯十二年(1639)做过南京国子监司业,这次北上先到南京,旧地重游,见到当初在南厢服役的老叟,南厢已成了园地,老叟也改以种地谋生。于是吴伟业凭自己的所见所闻并借老叟之口,用当年的盛况来衬托出改朝换代后的凄凉景色,读者可把它和前面《钟山》等八首七言律诗对看。其中很多典故在这八首七言律诗中已出现并作了注,这里也就不再重复。

寒潮冲废垒①，火云烧赤冈②。四月到金陵③，十日行大航④。平生游宦地，踪迹都遗忘⑤。

道遇一园叟，问我来何方？犹然认旧役，即事堪心伤。开门延我坐，破壁低围墙。却指灌莽中⑥，此即为南厢。衙舍成丘墟，佃种输租粮⑦。谋生改衣食，感旧存园庄。艰难守兹土，不敢之他乡⑧。

我因访故基，步步添思量。面水背苍崖⑨，中为所居堂。四海罗生徒，六馆登文章。松桧皆十围⑩，钟管声锵

---

① 废垒：废弃的战垒，指清兵南下时明军防御用过的战垒。 ② 火云：吴伟业这次到南京是在顺治十年(1653)的农历四月里，南京气温高，农历四月已天时炎热，所以可用"火云"。赤冈：在南京城外东南方向。 ③ 金陵：战国时楚灭越后设置的邑，在今南京清凉山，后来就成为南京一地的别称。④ 大航：即朱雀航，也叫南航，是东晋南朝时建康城正南朱雀门外的浮桥，横跨秦淮河上，遗址在今南京镇淮桥东。⑤ 以上第一段，吴伟业讲自己重到南京。 ⑥ 灌莽：灌指灌木，无明显主干的木本植物，多矮小，丛生。莽，也是丛生草。⑦ 佃(diàn店)种：租种。原明南京国子监的南厢废为田园，当仍为公家所有，这租种是向清朝在南京的地方政权租种。 ⑧ 之：到。以上第二段，讲遇到原先在南厢服役的园叟。 ⑨ 面水背苍崖：这水指玄武湖，苍崖指鸡鸣山。 ⑩ 桧(guì贵)：一种常绿乔木，也叫圆柏、桧柏。围：两手的拇指和食指合拢起来叫一围。

锵[①]。百顷摇澄潭，夹岸栽垂杨。池上临华轩[②]，菡萏吹芬芳[③]。谈笑尽贵游[④]，花月倾壶觞。其南有一亭，梧竹生微凉[⑤]。

回头望鸡笼[⑥]，庙貌诸侯王。左李右邓沐，中坐徐与常。霜髯见锋骨，老将东瓯汤。配食十六侯，剑珮森成行[⑦]。得之为将相，宁复忧封疆。北风江上急，万马朝腾骧[⑧]。重来访遗迹，落日唯牛羊。吁嗟中山孙，志气胡勿

① 管：本是先秦时一种专门的乐器，后来成为管状乐器如箫笛等的通称。锵(qiāng 枪)锵：音乐声。 ② 轩(xuān 宣)：这里指有窗槛的长廊或小室。 ③ 菡萏(hàn dàn 汗旦)：荷花的别称。 ④ 贵游：本指无官职的王公，见《周礼·地官·师氏》，这里泛指显贵者。 ⑤ 以上第三段，回想明亡前的南厢。 ⑥ 鸡笼：鸡鸣山本名鸡笼山，因山形像鸡笼得名。 ⑦ 左李右邓沐……森成行：鸡鸣山的明功臣庙正殿祀封有王爵的徐达、常遇春、李文忠、邓愈、汤和、沐英，就是诗中的李、邓、沐、徐、常、汤六人，汤和封的是东瓯襄武王，所以叫"东瓯汤"。此外西序配享八人，东序配享七人，诗说"配食十六侯"，多算了一人。这十五人中十三人封的是公，一人是郡公，一人是侯，诗里要用仄声字，所以统说"侯"。珮(pèi 配)：同"佩"，佩戴的饰物。 ⑧ 北风江上急，万马朝腾骧(xiāng 香)：这两句说清兵攻占南京。北风指清兵，腾骧形容马的飞跃奔腾，清兵当时多数是骑兵。

昂。生世苟如此，不如死道旁。惜哉裸体辱，仍在功臣坊①。

萧条同泰寺②，南枕山之阳。当时宝志公，妙塔天花香③。改葬施金棺，手诏追褒扬④。袈裟寄灵谷⑤，制度由萧梁⑥。

千尺观象台，太史书祯祥⑦。北望占旄头⑧，夜夜愁

① 吁嗟中山孙……功臣坊：明亡后中山王徐达后裔徐青君的产业都被清政权没收，徐青君穷得和佣工、乞丐为伍，甚至代人受杖得钱，有次在兵备道衙门也就是他原先的府第里受杖，被打过了杖数，大叫"我是徐青君"。兵备道林某可怜他，查明旁边的花园是他自己出钱建造，可不用没收，就发还给他，让他零星变卖园里的树石砖木以生活。这徐家的府第在大功坊，因为在坊里盖了这府第才把坊名叫"大功"，这里的功臣坊就是指大功坊。以上第四段，从南厢讲到功臣庙。 ② 同泰寺：在南京东北，南朝梁武帝信佛，曾闹过舍身同泰寺的笑话。 ③ 天花：佛教讲究献花，有天女听说法时把天上的花散到诸菩萨身上的神话，因此人们常用"天花"一词来点缀佛教圣迹。 ④ 手诏追褒扬：灵谷寺有给宝志立的碑，上有明太祖御笔题赞。 ⑤ 袈裟寄灵谷：灵谷寺有传为宝志留下的衣服和鞋子。 ⑥ 以上第五段，讲到灵谷寺。 ⑦ 太史：先秦时太史兼管天文历法，以后就把专管天文历法的称太史。祯祥：吉兆。 ⑧ 旄头：《史记·天官书》作"髦头"，星名。古人迷信，说是此星主兵事，如果它摇动跳跃，就会胡兵大起。这里用指来自北边的女真族清兵。

光铓①。

高帝遗衣冠，月出修烝尝②。图书盈玉几，弓剑堆金床。承乏忝兼官③，再拜陈衣裳④。南内因洒扫⑤，铜龙启未央⑥。幽花生御榻⑦，苔涩青仓琅⑧。离宫须望

---

① 铓（máng 忙）：通“芒”，光芒，这里指旄头星的光芒。以上第六段，讲到观象台。 ② 高帝遗衣冠，月出修烝尝：西汉高祖死后，在高庙旁边的高寝里藏着他生前穿戴的衣冠，每个月拿出衣冠，备好生前的车马仪仗，到高庙里去游一转。烝（zhēng 征）尝：冬祭叫烝，秋祭叫尝，烝尝泛指祭祀。 ③ 承乏忝（tiǎn 舔）兼官：承乏，本是指所在官职无适当人选，暂由自己充数的意思，后来成为做官任职的谦辞，如“承乏太常”，就是做太常寺卿。忝，本义是“有愧于”，如“忝为太常”，就是很惭愧地做了太常寺卿，也是谦辞。吴伟业在做司业时兼任过南京太常寺卿之类的官职，所以这里说“承乏忝兼官”。 ④ 衣裳：古人把上身穿的叫衣，下身穿的叫裳，后来衣裳也成为衣服的通称。⑤ 南内：内是大内，即皇宫，这里的南内是指南京的明宫。⑥ 铜龙：西汉时皇宫的门楼上装饰着铜制的龙。未央：未央宫，西汉初年在长安最先建造的皇宫。这里借来指明初在南京建造的皇宫。 ⑦ 幽花：指苔花之类，因色彩幽暗所以叫幽花；家具长期不用，会生这种幽花。榻（tà 踏）：唐以前用来坐卧的家具，比床更矮更窄。这里指南内里给皇帝备置的宝座。 ⑧ 苔涩青仓琅：汉人把宫殿门上的铜环叫仓琅，仓是青色，因为铜是青色所以叫仓琅，这里也可加个“青”字叫它“青仓琅”。涩，本是不滑润的意思，铜环上长了青苔，铜质被锈蚀不滑润，因而常叫“苔涩”。

幸[1]，执戟卫中郎[2]。万事今尽非，东逝如长江[3]。

钟陵十万松，大者参天长。根节犹青铜，屈曲苍皮僵。不知何代物，同日遭斧创。前此千百年，岂独无兴亡。况自百姓伐，孰者非耕桑[4]。

群生与草木，长养皆吾皇。人理已澌灭[5]，讲舍宜其荒。独念四库书，卷轴夸缥缃[6]。孔庙铜牺尊[7]，斑剥填青黄[8]。弃掷草莽间，零落谁收藏[9]。

老翁见话久，妇子私相商。人倦马亦疲，剪韭炊黄

① 离宫：皇帝正宫以外的宫室。南京的大内本是正宫，但自明成祖起实际上迁都北京，因而成为了离宫。 ② 中郎：秦汉时皇帝身边的侍卫官，这里指大内的警卫人员。 ③ 以上第七段，讲到明太祖的庙和南京大内。 ④ 耕桑：耕田和种桑养蚕，是封建社会里我国农民谋生的基本方法，这里指从事耕桑的老百姓。以上第八段，讲到钟山的孝陵。 ⑤ 澌（sī 斯）灭：澌是尽，澌灭是尽灭，统统灭绝。 ⑥ 缥缃（piǎo xiāng 瞟香）：缥是淡青色的帛，缃是黄色的帛，宋以前常用来制作装卷轴形式书籍的书囊，因而缥缃一词就成为书籍的代称，尽管宋以后已不用书囊。 ⑦ 孔庙：国子监里都有祭祀孔子的孔庙。牺尊是先秦时形制像头牛的盛酒器，因为孔子是先秦人，所以孔庙里往往仿制了牺尊作为祭孔之用。 ⑧ 斑剥：也作“斑驳”，色彩杂乱错落。青黄：铜本带黄色，年久生青绿色的铜锈。 ⑨ 以上第九段，再回头讲国子监的破坏荒凉。

梁①。慎莫笑贫家，一一罗酒浆。从头诉兵火，眼见尤悲怆②。

大军从北来，百姓闻惊惶。下令将入城，传箭需民房③。里正持府帖④，佥在御赐廊⑤。插旗大道边，驱遣谁能当。但求骨肉完⑥，其敢携筐箱。扶持杂幼稚，失散呼耶娘⑦。

江南昔未乱，闾左称阜康⑧。马阮作相公，行事偏猖狂⑨。高镇争扬州⑩，左兵来武昌⑪。积渐成乱

① 剪韭（jiǔ 久）炊黄粱：韭是吃的韭菜，黄粱是吃的黄小米。杜甫《赠卫八处士》诗有“夜雨剪春韭，新炊间黄粱”的句子，所以吴伟业也写了这一句，其实只是说园叟留他吃顿粗饭的意思。因为南京地方明清以来即使穷人也吃大米，从无以黄粱为主食的事情。 ② 以上第十段，转入园叟的口述。 ③ 箭：令箭，旧时军中传命令用的小旗，竿头如箭镞，以铁为之，因而叫令箭。 ④ 里正：古代的乡官，明代实已改为“里长”。 ⑤ 佥：用在这里是佥发的意思，佥发也作“签发”，是征调、征用的意思。 ⑥ 骨肉：指至亲，家属。 ⑦ 耶：通“爷”。以上第十一段，讲清兵入城前的骚扰。 ⑧ 闾（lǘ 驴）左：闾是里门，秦时把住在里门左边的贫苦居民叫“闾左”。这里通指民间。阜：殷盛。 ⑨ 马阮作相公，行事偏猖狂：指南明弘光朝的宰相东阁大学士马士英和兵部尚书阮大铖（chéng 成），这二人要负政局败坏的主要责任。猖狂：纵恣狂妄。 ⑩ 高镇争扬州：高镇指高杰，他本是李自成农民军中将领，降明后封兴平伯，弘光朝成为防守江淮地区的四镇之一。他原驻扎在扬州城外，要进城，扬州人怕他，不让进，他就攻城，并在城外掳掠。 ⑪ 左兵来武昌：弘光朝拥重兵在武昌的宁南侯左良玉，打着“清君侧”的旗号，沿长江东下。

离①，记忆应难详②。

下路初定来③，官吏逾贪狼。按籍缚富人④，坐索千金装⑤。以此为才智，岂曰唯私囊。今日解马草，明日修官塘⑥。诛求都到骨⑦，皮肉俱生疮⑧。

野老读诏书⑨，新政求循良⑩。瓜畦亦有畔⑪，沟水亦有防⑫。始信立国家，不可无纪纲⑬。春来雨水足，四野欣农忙。父子力耕耘⑭，得粟输官仓。遭遇重太平，穷老其何妨⑮。

薄暮难再留，暝色犹青苍。策马自此去，凄恻摧中

---

① 积渐：由小到大，由浅到深，逐渐地形成。乱离：乱多指战乱，离是流离失所。 ② 以上第十二段，讲南明弘光朝的祸乱。 ③ 下路：旧时把今江苏省之地称为“下江”，“下路”也就是指这一带地方。也许因为南京及其周围在元代叫集庆路，所以吴伟业在这里用了“下路”一词。 ④ 籍：户籍，户口簿子。 ⑤ 装：这里指资财。 ⑥ 官塘：塘是堤岸，官塘是公家的堤岸。 ⑦ 诛求：诛是责，诛求是需索、勒索。 ⑧ 以上第十三段，讲清兵占领后的剥削掠夺。 ⑨ 野老：野是田野，野老是种地的老翁，这里指园叟。 ⑩ 循良：守法且有政绩的官员，过去称之为循良。 ⑪ 畦(qí 其)：瓜菜圃里划分的长行。畔：田界。 ⑫ 防：堤岸，堤防。 ⑬ 纪纲：法纪。 ⑭ 耕：翻松土地以备播种。耘：除草。 ⑮ 以上第十四段，讲当前已开始见到太平景象。

肠①。顾羡此老翁②，负耒歌《沧浪》③。牢落悲风尘④，天地徒茫茫⑤。

【翻译】

寒冷的潮水冲击着废垒，
火热的云朵燃烧着赤冈。
四月里我前来金陵，
十日工夫到达大航。
平生游历仕宦的地方，
行踪陈迹几乎全都遗忘。

路上遇到一位园叟，
问我来自何方？
我还认出他是从前南厢里的差役，
眼前的事物真叫人心伤。
他开了门请我进去小坐，

---

① 凄恻：哀伤。中肠：内心。 ② 顾：反而，却。 ③ 耒（lěi 垒）：耒耜，我国古代用牛耕以前的耕地翻土的农具。《沧浪》：指《楚辞·渔父》里所说渔父唱的《沧浪歌》，歌辞是："沧浪之水清兮，可以濯吾缨，沧浪之水浊兮，可以濯吾足。"意思是不论社会安定或混乱，都能对付着过日子。 ④ 牢落：无所寄托的样子。 ⑤ 以上最后一段，用感慨身世来结束全诗。

屋墙破了外边也只有低低的围墙。
他指着那灌木草莽，
说这就是当年的南厢。
衙门的官舍都已成为废墟，
只好佃种来交租粮。
对付着过日子已维持不了以前的衣食，
使人怀旧的还算保存了这个园庄。
再艰苦点还得留在这块地方，
不敢抛弃掉远走他乡。

我顺便寻访国子监的旧址，
走一步平添一层思量。
面临着湖水背靠着青山，
中间是所居处的厅堂。
有来自四海的生徒，
分住六馆写出上好文章。
堂馆外边尽是十围大的松桧，
击钟吹管音乐之声锵锵。
百顷的湖水一片澄碧，
两岸还栽种着排排垂杨。
湖边是华丽的廊室，
风送荷花气味芬芳。

来这里谈笑的都有地位身份，
花前月下共倾壶觞。
南边还有一个亭子，
梧桐竹林叫人感到清凉。

回头看那鸡鸣山，
山上的功臣庙塑着许多侯王。
左边是李右边是邓和沐，
中间坐的是徐和常。
还有个白胡须的有一身好锋骨，
是名老将东瓯汤。
两旁配享的十六位公侯，
挂着剑佩着饰物森严地排列成行。
有了他们充当将和相，
哪需担忧守不住封疆。
谁知道北风会在长江边紧刮，
成万匹战骑一旦会来这里腾骧。
如今再重来寻求遗迹，
只剩得夕阳斜照着牛羊。
唉，有位中山王的后裔，
志气怎么如此的不轩昂。
活着像这个模样，

还不如死在路旁。
更可叹去了衣裳代人受杖，
却仍在这功臣之坊。

再看那萧条的同泰古寺，
在南边枕着钟山山阳。
当时那位宝志和尚，
身后骨塔散出天花妙香。
改葬时用上了金棺，
还有手诏来褒扬。
他穿过的袈裟寄藏在灵谷寺，
规格做工真源自萧梁。

再看那千尺高的观象台，
当年太史在这里记载祯祥。
往北看那旄头星象，
夜夜发愁是为了它的光芒。

再看那高庙里留下的衣冠，
当年每个月得拿出来以备烝尝。
有图书放满了玉几，
还有弓剑堆积在金床。

我曾经兼摄太常，
在这里再拜铺陈衣裳。
又因为要洒扫南京的大内，
也曾推动铜龙打开未央。
只见御榻上长起幽花，
青苔涩着仓琅。
离宫总盼望临幸，
守卫着执戟的中郎。
可如今啊万事俱非，
好似向东逝去的长江。

还有那钟山孝陵的松树十万株，
当年大的直向天空生长。
根节好似青铜一样，
树干屈曲树皮苍老硬僵。
不知还是哪个朝代的遗物，
如今可都遭受斧砍刀伤。
在这以前也过了千百年，
难道就没有经历兴亡。
何况这次是百姓前来砍伐，
为了谋生也无非就像是在耕田种桑。

百姓也罢树木也罢，
要休养生息都得依靠皇上。
如今人理已经灭绝，
讲堂学舍自应该荒凉。
只想着四库图书，
有那么多的卷轴缥缃。
还有孔庙里的古铜牺尊，
年久斑剥色彩青黄。
如今都被丢弃在草莽，
零落残破有谁重新收藏。

园叟看到话说得很久，
就和妻子暗暗地商量。
人已疲乏马也困倦，
不如剪点韭菜煮锅黄粱。
切莫笑我家里贫穷，
还能一一地罗列酒浆。
好让我园叟从头讲遭受兵火的情况，
亲眼目睹的更使人感到悲怆。

那年大军从北边到来，
百姓听到消息无不惊惶。

大军下令马上进城，
令箭传来要住民房。
里正拿了官府的告示，
要征用当年的御赐房廊。
大路边插上了旗号，
驱逐百姓有谁能阻挡。
百姓但求骨肉完聚，
哪个还敢携带筐箱。
扶着搀着还有小孩，
一走散就赶快呼爷叫娘。

江南当年未经战乱的时候，
民间本称殷盛安康。
只恨马、阮做了相公，
做事偏偏纵恣狂妄。
还有个兴平伯高杰来抢扬州，
宁南侯左良玉的兵马也来自武昌。
一天天酿成战乱流离，
凭记忆总难说得周详。

到下江地方刚刚安定，
可官吏偏又赛过贪狼。

翻着户口簿子把有钱人捆绑，
要立即勒索千金的财货衣装。
这种人竟被看做有能耐，
岂止只管填满私囊。
今天叫百姓解送马草，
明天又叫去修筑官塘。
对百姓需索搜刮到骨头上，
叫百姓的皮肉都长起了烂疮。

园叟读到了新颁布的诏书，
说新政要讲求循良。
连瓜畦也得有畔，
连沟水也得有防。
才相信建立国家，
不能没有纪纲。
加上春天以来雨水充沛，
四野里一片欢欣农事繁忙。
父子们出力耕地耘草，
收了粮食送进官仓。
只要重新过上太平日子，
再贫穷衰老又有何妨。

天将晚不好再淹留，

趁暮色还呈着青苍。

扬起马鞭从这里离去，

哀伤摧折着中肠。

反而羡慕这位园叟，

还能负着耒歌唱《沧浪》。

我身世牢落为奔走风尘而悲伤，

天地虽广可前途茫茫。

扬　州

这四首七言律诗是顺治十年(1653)吴伟业四十五岁路过扬州时写的。扬州在明清时是府的建置,下辖江都等州县,这里仅指府城,即今江苏扬州市区。吴伟业这次北行,是先到南京,然后渡江东去扬州,再从扬州经运河水路去北京。从诗中说到“广陵秋”,“八月观涛”等来看,当时已过了夏天进入秋季。扬州从隋唐以来一直处在长江和运河的交叉点,在铁路未铺设前是我国交通的枢纽,是经济极其繁荣的头等大城市,但也因之招致多次兵火。明崇祯十七年(1644)五月,福王朱由崧在南京建立政权,原南京兵部尚书史可法受权奸马士英等人排挤,以兵部尚书武英殿大学士的身份驻扬州督师，第二年弘光元年(1645)四月，清兵攻陷扬州，史可法慷慨殉国，成为我国历史上和文天祥齐名的英雄人物。吴伟业这四首诗就是写这段经历，用隐晦的笔法控诉了清兵血洗扬州的罪行。

其一

这第一首首先讲自己这次重到扬州，从所见扬州面貌的改变，讲到南明弘光政权的覆灭。

迭鼓鸣笳发棹讴①，榜人高唱广陵秋②。
官河杨柳谁新种③，御苑莺花岂旧游④。

---

① 迭鼓鸣笳：古代开船时要打鼓吹笳，唐王泠然《汴堤柳》诗有“隋家天子忆扬州，鸣笳迭鼓泛清流”的句子，为吴伟业所套用，尽管吴伟业这次在扬州开船不会真的迭鼓鸣笳。讴(ōu 欧)：歌唱，这里指船夫行船时的歌唱。 ② 榜(bàng 棒)人：这里的榜是摇船工具，榜人就是船夫。广陵：秦至隋有广陵县，县治在今扬州，西汉又设广陵国，东汉至隋唐又改广陵郡，治所也常在今扬州，因而广陵成为了扬州的雅称。 ③ 官河：指运河。杨柳谁新种：这实际上是说过去的杨柳已为清兵破坏。 ④ 御苑：指隋炀帝在扬州的宫苑。莺花岂旧游：这也是说过去的莺花已被清兵摧毁不复存在。

十载西风空白骨①，廿桥明月自朱楼②。

南朝枉作迎銮镇③，难博雷塘土一丘④。

【翻译】

打起鼓吹起笳开船讴歌，

船夫们高唱的歌子叫做《广陵秋》。

官河边的杨柳是谁新种下，

---

① 十载西风：十年前的一阵西风，指弘光元年(1645)清兵攻陷扬州后的破坏，当时有位亲历者写过一篇《扬州十日记》流传下来，详细讲述了清兵和汉奸们的罪行，令人发指。弘光元年距吴伟业写此诗的顺治十年(1653)前后经过九年，这里说“十载”是举其成数。 ② 廿桥：即二十四桥。唐杜牧《寄扬州韩绰判官》诗中有“二十四桥明月夜，玉人何处教吹箫”的句子，为吴伟业所借用。至于“二十四桥”是二十四座桥，还只是一座而名为“二十四桥”，颇有异说，已弄不清楚了。朱楼：朱红色的华丽楼房，这里指歌妓们居住活动的地方。 ③ 迎銮(luán 栾)镇：銮，本是古代皇帝车驾所用的铃，后来也作皇帝车驾的代称，于是迎接皇帝就叫作“迎銮”。福王朱由崧是马士英等迎来拥立称帝的，出镇扬州的史可法虽未参与拥立，但也未坚决反对，所以这里把扬州称为“迎銮镇”，从而引出结句，为朱由崧的结局作感慨。 ④ 难博雷塘土一丘：雷塘，在扬州西北，隋炀帝在扬州被杀后埋葬在这里。这句诗是说朱由崧被俘后送北京杀死，连个坟墓也没有，比隋炀帝更不如。

御苑里的莺花岂还是旧游。
十年前一阵西风吹过只留下白骨，
可今天二十四桥明月仍照着朱楼。
南朝在这里枉自做了个迎銮镇，
还难做到像隋炀帝那样在雷塘有个坟丘。

其二

这第二首悼念史可法，从史可法当时遭遇的困难来衬托这位民族英雄坚贞不屈、舍身为国的高贵品质。

野哭江村百感生①，斗鸡台忆汉家营②。
将军甲第櫜弓卧③，丞相中原拜表行④。

---

① 野哭：蜀汉丞相诸葛亮死后，好多地方要求给他立庙，官府开始没有同意，百姓就在节日私祭。这首诗把史可法比作诸葛亮，“野哭”就是指百姓私祭史可法。 ② 斗鸡台：就是吴公台，在扬州西北。汉家营：指史可法统率的明军营垒。 ③ 櫜（gāo 高）弓：櫜，本是盛放衣甲或弓箭的东西，櫜弓，就是收起弓箭，不准备打仗。 ④ 丞相中原拜表行：这是用诸葛亮上《出师表》北伐的典故。当时史可法也曾上表请求北伐，崇祯十七年（1644）十月进驻清江浦，派官屯田开封，作经略中原的打算，到弘光元年（1645）二月才因形势不利撤回扬州。

白面谈边多入幕①，赤眉求印却翻城②。

当时只有黄公覆③，西上偏随阮步兵④。

【翻译】

江村里传出野哭之声使我感慨万分，

经过斗鸡台让我想起了汉家兵营。

大将们收起弓箭在大府第里高卧，

---

① 白面谈边多入幕：白面，即白面书生，即文人。东晋南朝常有人把参与军事的文人讥笑为“白面书生”，当时史可法幕府里也确有这类文人。谈边的“边”指边疆战争，谈边即议论军事。幕即幕府，本指高级军事长官的衙门，后来也泛指地方高级军政长官的衙门。 ② 赤眉求印却翻城：指兴平伯高杰要抢占扬州的事情，后经史可法出面才得制止。高杰本是李自成农民军中的将领，后来叛变投明，所以称他为“赤眉”，赤眉是东汉农民军某一支的称号。求印，指高杰已取得兴平伯的封爵。翻城，指翻越扬州城，即夺取扬州城。 ③ 黄公覆：三国时东吴的大将黄盖，公覆是他的字，这里借用来指靖南伯黄得功，弘光朝高级将领中黄得功还算比较安分的。 ④ 西上偏随阮步兵：弘光元年(1645)三月，驻守武昌的明宁南侯左良玉站在东林党人一边反对在朝廷里掌权的马士英、阮大铖，以“清君侧”为名向南京进军，黄得功听从马、阮的指挥领兵西上防御。阮步兵，本指三国曹魏的文学家、思想家阮籍，因他曾任步兵校尉，所以称他为阮步兵，这里借用来指阮大铖，因为阮在当时任兵部尚书，官职和古代的步兵校尉相近。

剩下丞相还拜表出师为经略中原北行。
只可惜入幕谈边的多是书生白面，
出身赤眉的得了大印却还要翻城。
当时像样的仅有一位黄公覆，
可偏偏兴兵西上跟随了阮步兵。

其三

这第三首仍是从史可法讲起，讲到弘光政权的瓦解。

尽领通侯位上卿①，三分淮蔡各专征②。

① 尽领通侯位上卿：这是指史可法，史可法是大学士，名义上是宰相，相当于春秋时的上卿。他在扬州督师时靖南伯黄得功、广昌伯刘良佐、东平伯刘泽清、兴平伯高杰等四镇在名义上都受他指挥，所以说“尽领通侯”。 ② 三分淮蔡各专征：当时叫黄得功等四镇分驻在今江苏北部、安徽东北部、河南东南部，大体相当于古代淮蔡之地。“三分”是习惯用语，实际是四分。

东来处仲无他志①，北去深源有盛名②。
江左衣冠先解体③，京西豪杰竟投兵④。
只今八月观涛处⑤，浪打新塘战鼓声⑥。

---

① 东来处仲无他志：处仲是东晋权臣王敦的字，王敦曾以“清君侧”为名，带兵从武昌东下打进京城建康即今南京，这里借用来指“清君侧”的左良玉。左良玉起家时曾依靠东林党人侯恂的提拔，这次“清君侧”又是站在东林党人一边，所以东林事业继承者复社中人吴伟业要为他说好话，说他这次出兵“无他志”，即别无野心。其实这种军阀在当时多半不会干好事，左良玉本人在四月里进军到九江时虽即病死，所部在儿子左梦庚统率下投降清兵，变成了汉奸队伍。 ② 北去深源有盛名：深源是东晋大臣殷浩的字，殷浩本享有盛名，被人比作管仲、诸葛亮，但统兵北伐为苻秦打败。这里借用来指史可法北上经略中原，因为这次经略也没有成功。 ③ 江左衣冠先解体：古人在地理上以东为左，以西为右，所以江东也叫江左，这是指南京以东的长江南岸地区，用在这里是指南京弘光政权的瓦解。衣冠指高官显贵，南京弘光政权的显贵大多数投降清兵。解体就是瓦解。 ④ 京西豪杰竟投兵：京西，在这里当是指南京西边即长江以北地区。当时广昌伯刘良佐、东平伯刘泽清都驻屯在这里，清兵南下时刘良佐投降，刘泽清先准备逃亡，后投降又被杀，“京西豪杰竟投兵”当即指这类人物。投兵，放下兵器，也就是投降。 ⑤ 八月观涛：西汉人有八月观涛广陵的说法，涛就是海潮。有人认为这个广陵不是指扬州，因为后来扬州并无海潮可看，但吴伟业写这诗时仍沿袭了这一传统说法。 ⑥ 新塘：在扬州城北十里处。

【翻译】

统领着各镇侯伯位居上卿，
他们分据淮蔡各自有权专征。
向东进军的王处仲并无野心，
北上经略的殷深源本有盛名。
可惜江左衣冠竟首先解体，
京西豪杰也纷纷投兵。
到如今只有八月观涛之处，
浪头打着新塘还好似当年战鼓之声。

其四

这最后一首，单从掳掠妇女这一点来暴露清兵血洗扬州的罪行。

拨尽琵琶马上弦①，玉钩斜畔泣婵娟②。

---

① 拨尽琵琶马上弦：琵琶本是胡人所用的乐器，王昭君远嫁匈奴之时，后人曾猜想她路上弹着琵琶，因而后人常把“琵琶”一词用在被少数民族掳掠的妇女身上，这句诗就是指扬州妇女被清兵掳去北方。 ② 玉钩斜：扬州城西有条路叫玉钩斜，相传是隋炀帝葬宫人的地方。婵娟：本指容貌美好，也引申指美女，这是指被掳的美女。

紫驼人去琼花院①，青冢魂归锦缆船②。
豆蔻梢头春十二③，茱萸湾口路三千④。

---

① 紫驼：骆驼，杜甫《丽人行》就说到“紫驼之峰”。琼花院：扬州有蕃厘观，观中产琼花，俗名琼花观，这里为调平仄改称琼花院，用来作为扬州的代称。 ② 青冢魂归：传说胡中多白草，只有王昭君的坟墓上长青草，所以叫青冢。这里的“青冢魂归”是说被掳的妇女北行后永远不能再南归，除非死后灵魂回来。锦缆船：指隋炀帝从运河到扬州所动用的船队，船上张着锦制的帆。 ③ 豆蔻梢头春十二：唐杜牧《赠别》诗：“娉(pīng 乒)娉袅(niǎo 鸟)袅十三余，豆蔻梢头二月初。春风十里扬州路，卷上珠帘总不如。”所谓豆蔻是生长在亚洲东南部的一种多年生常绿草本植物，我国广东、广西、云南、贵州都产有，它的花作淡黄色，初夏才开放，所以杜牧用它来比喻未成熟的少女，说她娉娉袅袅地才过十三岁，好似二月里豆蔻梢头的花朵还含苞未盛放。吴伟业在这里套用来指他在战乱前去扬州时见到的美女，因为要调平仄所以不说“十三”、“十三余”而说“春十二”。 ④ 茱萸(zhū yú 朱于)湾口路三千：茱萸湾在扬州东北，是当时送别的地方，因此可以说在这里送别后要走“路三千”。这也是吴伟业在追念旧游。他在崇祯年进京会试，又回家结婚，又进京任职，又出任南京国子监司业，多次走运河水路，都得经过扬州。

隋堤壁月珠帘梦①，小杜曾游记昔年②。

【翻译】

无可奈何在马背上弹尽了琵琶，
可怜这些玉钩斜畔啼泣的婵娟。
一骑紫驼让她们永别了琼花院，
将来青冢魂归只好凭仗锦缆船。
想当初好似豆蔻梢头芳龄才十二，
茱萸湾口送别路程三千远。
隋堤壁月而今都成珠帘一梦，
我小杜旧地重游真是感慨万端。

① 隋堤：相传隋炀帝叫人筑的堤。壁月：指圆得像玉璧的明月，南朝陈后主时的《玉树后庭花》歌曲中就有“壁月夜夜满，琼树朝朝新”的句子。珠帘梦：注①所引杜牧《赠别》诗中有“春风十里扬州路，卷上珠帘总不如”的句子，另外杜牧的《遣怀》诗又有“十年一觉扬州梦，赢得青楼薄幸名”的句子，吴伟业在这里合用写成“珠帘梦”。 ② 小杜：后人称杜牧为“小杜”，以区别于杜甫之为“老杜”，这里是吴伟业借用来比自己。

过淮阴有感

这两首七言律诗是顺治十年(1653)吴伟业四十五岁离扬州从运河北上经过淮阴时写下的,当时已到晚秋季节,所以诗的一开头就说“落木淮南”。这淮阴本是秦时设置的县,宋代改设清河县,民国时又恢复称淮阴县,今和清江市合并成为淮阴市。在清初,这里已经是属于江苏省淮安府的清河县,吴伟业只是习惯地仍称之为淮阴。这里是西汉功臣韩信的家乡,加之地处淮南即淮水之南,往西去就是治所在寿春即今安徽寿县的西汉淮南王国,因而诗里借淮南王刘安和韩信的故事对自己的身世发了一通感慨。情调是诚挚的,沉痛的,没有那种言不由衷、蓄意掩盖内心活动的坏习气。

其一

这第一首是从淮阴侯韩信报答漂母的故事，讲到自己无法忘却明思宗的恩德。

落木淮南雁影高①，孤城残日乱蓬蒿②。
天边故旧愁闻笛③，市上儿童笑带刀④。

---

① 落木淮南：《淮南子·说山》说："桑叶落而长年悲。"因而唐韩愈《祖席》诗说"淮南悲落木"，被吴伟业在这里套用。落木，就是树叶飘落。 ② 蓬蒿（hāo 号阴平）：蓬在这里是杂而多的意思，蒿则是蒿菜的名称，指野草，蓬蒿连用就指丛生的野草。 ③ 天边故旧愁闻笛：已见《鸳湖曲》注，是用西晋向秀《思旧赋》序里所说的典故，这里借用来怀念抗清牺牲的老朋友，说听到吹笛声想起这些老朋友都叫人生愁。天边，指远处。 ④ 市上儿童笑带刀：韩信早年在家乡淮阴，有个少年对他说：你虽长得高大，好带刀剑，其实很胆小，你不怕死就来刺我，怕死就从我胯下爬过去。韩信不计较，真的爬了过去。但这里当另有所指，指当时经过战乱，市上带刀的人多。

世事真成反《招隐》①，吾徒何处续《离骚》②。
昔人一饭犹思报③，廿载恩深感二毛④。

【翻译】

淮南地方树叶飘零雁飞影高，
残阳斜照孤城乱长着蓬蒿。
从笛声里想起逝去的故旧叫人愁闷，
在街市上看到天真的儿童笑人带刀。
世事如此真应该反《招隐》，
我们这伙到何处续《离骚》。
从前受人一饭还想着酬报，

① 反《招隐》：淮南王刘安养了许多宾客，《招隐士》这篇辞赋就是宾客中称小山者写的，主旨是要把山里隐居的人招回来。吴伟业在这里说"反《招隐》"则是表白他隐居家乡不愿出仕的本来志愿。 ② 续《离骚》：《离骚》相传是战国时屈原的代表作，在其中表达了对世事的悲观失望。吴伟业这时对世事也已悲观失望，所以在这里说"续《离骚》"的话。 ③ 一饭犹思报：韩信早年贫穷，有个漂母（漂絮的妇女）可怜他，给他饭吃，韩信表示将来要重重报答，后来他封为楚王，赐千金给这位漂母，这就是"一饭犹思报"。 ④ 廿载恩深：吴伟业明崇祯四年（1631）会试第一，殿试第二，殿试名义上是皇帝在主考，所以吴伟业要深感明思宗的恩德。从崇祯四年到这时清顺治十年（1653），已有二十二年，所以吴伟业取其成数说"廿载恩深"。二毛：人到中年后，头发有时花白，成为黑白二色相间，古人称之为"二毛"。

何况二十年的深恩叫我怎不感慨鬓生二毛。

其二

这第二首着重讲淮南王刘安的故事，从而抒写自己“不随仙去落人间”的心情。

登高怅望八公山①，琪树丹崖未可攀②。
莫想《阴符》遇黄石③，好将《鸿宝》驻朱颜④。

---

① 八公山：在安徽寿县北郊，淮南王刘安的宾客中有苏飞、李尚等八人，号称“八公”，八公山因此得名。这八公被后人附会为神仙，所以八公山也染上了神秘色彩。 ② 琪树丹崖未可攀：琪本是美玉，琪树、丹崖，这里都是指仙山上的树木山崖，因为八公山有神秘色彩，因而吴伟业可以这么写。说“未可攀”，是讲自己无缘像八公那样成为神仙。 ③ 莫想《阴符》遇黄石：《史记·留侯世家》说张良早年遇到个老人，自称是穀城山下的黄石，传给他《太公兵法》，后来张良就学习了《太公兵法》，辅佐刘邦定天下。吴伟业在这里是说自己遇不上像黄石这样的神秘人物，学不到平定天下的本事。把《太公兵法》改说成《阴符》，则是因为律诗每句只能有七个字，而《阴符经》也是一篇涉及兵法且有神秘色彩的道家著作。 ④ 好将《鸿宝》驻朱颜：《汉书·刘向传》说淮南王刘安有所谓《枕中鸿宝苑秘书》，讲驱使鬼神和炼制黄金的法术。驻是停留，留住，“驻朱颜”就是保持青春而不老死。吴伟业在这里是说自己不再有什么大志，只图苟全性命于乱世。

浮生所欠只一死，尘世无繇识九还①。
我本淮王旧鸡犬，不随仙去落人间②。

【翻译】

来到高处怅然地想起那八公山，
那里尽是琪树丹崖我却未能登攀。
不再希冀获得《阴符》遇上黄石，
仅是企图讲求《鸿宝》学驻朱颜。
浮生所欠只有一死，
尘世无缘识得九还。
我本是淮南王的旧日鸡犬，
叹当年不随着升仙却落在人间。

---

① 繇：通“由”。九还：九还丹，道教徒所说经过九次锻炼的仙丹。 ② 我本淮王……落人间：东晋道教徒葛洪撰写的《神仙传》里说，淮南王刘安好道，白日升天，连家里的鸡犬舔(tiǎn 天上声)吃了他的仙药也都跟着上升。这当然是葛洪在胡说，因为《史记》、《汉书》里都明白地说刘安是谋反不成而自杀的。吴伟业在这里则是说自己本是明思宗的旧臣，好比当年刘安家里的鸡犬那样，遗憾的是没有能像鸡犬那样跟着思宗“仙去”即殉国，弄得留在人间落到被迫出仕清廷的尴尬局面。

读友人旧题走马诗于邮壁漫次其韵

这两首七言律诗应是顺治十年(1653)吴伟业四十五岁北上时看到友人杨文骢的走马诗而写的,《梅村家藏稿》所收此诗的题目“友人”二字就作“杨文骢”。杨文骢字龙友,明末的大画家,因为和权臣马士英有亲戚关系,在弘光朝先后擢任兵备副使、右佥都御史,监大将郑鸿逵、郑彩等军,在镇江、常州两府防御江北的清兵。弘光元年(1645)五月清兵渡江,杨文骢退守苏州,杀掉招降的汉奸后又退守处州[①],拥戴唐王朱聿键建立的隆武政权。同年七月清兵入浙,

① 处州:府治在丽水县,即今浙江丽水。

他被俘不屈牺牲。他的走马诗是题在旅店墙壁上的，这种在旅店墙壁上题诗的风气明清时很盛，而古代称官办的旅店为邮亭，所以吴诗题目可以说"邮壁"。所谓"次韵"，也叫"步韵"，是古人唱和诗的一种方式，一般用于唱和律诗，即押韵处用的字要和原诗相同，这种"次韵"和诗在今天看来似乎不容易，但古人作惯诗的并不感到困难。吴伟业这两首诗写得很有感情，对杨文骢既肯定又不溢美，是不可多得的好诗。

其一

这第一首从杨文骢讲到弘光朝的时事，同时又不脱离原题走马，不脱离杨文骢大画家的身份。

数卷残编两石弓①，书生摇笔壮怀空②。

---

① 残编：零散的书籍。两石弓：这里的石是古代的重量单位，一百二十斤为一石，两石弓就是要用二百四十斤气力才能拉开的弓。《旧唐书·张弘靖传》讲当时文官斥骂军士，说"今天下无事，汝辈挽得两石力弓，不如识一丁字"。这里用"两石弓"是说杨文骢除了读"数卷残编"有文才外还懂军事。 ② 壮怀：宏伟的抱负。

南朝子弟夸诸将①，北固军营畏阿童②。
江上化龙图割据③，国中指鹿诧成功④。
可怜曹霸丹青手⑤，衔策无人付朔风⑥。

---

① 南朝子弟：指受杨文骢指挥的郑鸿逵、郑彩，郑鸿逵是大将郑芝龙（郑成功的父亲）的弟弟，郑彩是郑芝龙的本家，所以称“南朝子弟”。 ② 北固军营：北固山在今江苏镇江北郊，面临长江，形势险要，当时在杨文骢的防区内，所以说“北固军营”。阿童：三国孙吴将亡前，有童谣唱道：“阿童复阿童，衔刀浮渡江。不畏岸上虎，但畏水中龙。”后来果真是小字阿童的晋龙骧将军王濬率领水军东下灭吴，这当然是附会之说。这里则是用“阿童”来指杨文骢，因为杨文骢字龙友，和当年字阿童的龙骧将军都有一个“龙”字。 ③ 江上化龙：西晋时有童谣唱道：“五马浮渡江，一马化为龙。”后来北方大乱，晋宗室中有五王南渡，其中只有琅邪王司马睿称帝，就是开创东晋朝的晋元帝，应了“一马化为龙”的说法，这当然也是附会。这里“化龙”称帝的是指建立了弘光朝的福王朱由崧。 ④ 国中指鹿：秦二世时赵高专权，在二世面前把一头鹿说成是马，二世左右的人有的不开口，有的顺着赵高说是马，也有的敢说是鹿，结果赵高给说是鹿的吃大苦头，后来“指鹿为马”就专用来指权臣的颠倒黑白，在这里是指马士英等人。诧（chà 岔）：本是惊讶、诧异，用在这里是夸耀的意思。 ⑤ 曹霸：唐开元、天宝时的大画家，擅长画马、画人物，杜甫曾写过《丹青引》送他。这里用来指杨文骢，因为杨的原诗讲走马，所以要选个画马的大画家来作比拟。 ⑥ 衔策无人付朔风：衔，是横在马口的铁，备勒马用。策，是马鞭，赶马用。这是说杨文骢不仅是丹青好手，而且本身就是骢马，可惜没有能人驾驭他，终于牺牲在清兵手里。朔风，在这里就是指清兵。吴伟业在清政权统治下有些话不好明说，只好用这样影射的辞句。

【翻译】

有几卷读残的图书还能开两石硬弓，
书生摇笔壮怀竟然成空。
统领的南朝子弟都自夸好将，
扎下了北固军营叫人畏惧阿童。
当时化龙的主子想沿江割据，
指鹿的权相也自诧成功。
可怜你这位丹青妙手不减当年画马的曹霸，
无人衔策最终却不免付之朔风。

其二

这第二首讲杨文骢的一生经历，仍离不了马，离不了画。

君是黄骢最少年①，骅骝雕丧使人怜②。

---

① 黄骢最少年：《周书·裴果传》说裴果打仗勇敢，“先登陷阵，时号黄骢少年”。骢本是青白色的马，但也可作为马的通称，所以可说“黄骢”，又因为杨名文骢，所以叫他“黄骢最少年”。这是说杨当初年轻之时，并非认为杨在朋友中最年轻，因为杨是万历二十五年(1597)生的，比吴伟业还大十二岁呢！ ② 骅骝(huá liú 华留)雕丧：骏马称为骅骝，这是指杨文骢。雕丧，即凋谢，萎谢，引申为正面人物的死亡。

当时只望勋名贵，后日谁知书画传。

十载盐车悲道路①，一朝天马蹴风烟②。

军书已报韩擒虎，夜半新林早着鞭③。

【翻译】

您原先也是黄骢少年，

如今骅骝雕丧真叫人哀怜。

当时你只指望勋名显贵，

谁知道日后的大名还靠书画流传。

回想起那十载盐车空悲道路，

---

① 十载盐车悲道路：西汉贾谊的《吊屈原文》说："骥垂两耳，服盐车兮。"意思是让千里马去拉笨重的装盐的车子，委屈了贤才。这里是说在弘光朝以前杨文骢一直不得志，做江宁（在今江苏南京）知县时还被人弹劾罢官。 ② 一朝天马蹴风烟：西汉时把从西域得来的马叫天马，这里也是指杨文骢。蹴（cù促），是踢、踏的意思，蹴风烟就是腾风云，引申为做官得意，指弘光朝杨文骢一再升官被重用。 ③ 军书已报……早着鞭：隋平陈时，大将韩擒虎为先锋，袭采石矶，拔姑孰，军到离今南京二十里地的新林地方，陈将相继归降。这里借用来指清兵，当时杨文骢在镇江防守，清兵乘大雾渡江，到南岸后明军才仓皇列阵，被清兵击溃。早着鞭，就是清兵抢先行动的意思。

有朝一日天马腾空蹴踏风烟。
只恨军书传报来了韩擒虎，
夜半时分在新林地方已着先鞭。

将至京师寄当事诸老

这四首七言律诗是顺治十年(1653)吴伟业四十五岁将进北京时写的,从诗里有“雪满关河”的话来看,时令已届寒冬岁暮。这次进京做官,对吴伟业来说确实并非出于自愿,而是被迫的,万不得已的,所以临入京前还写了这四首诗恳求当事掌权的诸位大老对他谅解,不要让他做官,让他回家乡当个不问世事的遗老,可是最后并未能如愿。就诗来说,这种诗是不容易写的,因为一方面不能公开说叫他进京不合自己心意,另一方面又要表白自己虽想回乡当遗老但并不反对清朝,因而在措辞上必须认真推敲。加以诗要写上四首,意思只有一个而语句又不能雷同,在技巧上就更得见点功夫。至于这种赠送寄呈人家的诗，同时写上四首或二首七言律诗，则是明清时人的一种风气，认为如果只写一首律诗就太不恭敬，绝句自然更不成，写一首就必须是七言古诗，或者五言古诗、五言排律也行。

由于这四首诗意思只是一个，所以在每首诗前面就不再作提示了。

其一

柴门秋色草萧萧，幕府惊传折简招①。
敢向烟霞坚笑傲②，却贪耕凿久逍遥③。

---

① 幕府：指推荐他进京的江南江西总督马国柱，因为讲礼貌不便直呼其人，只称他的衙门幕府。折简：先秦汉魏时用竹木简抄书写信，折简就是折成一半的简写信，表示随便。后人虽用纸写信，却仍沿用这个旧词语，称对方来信叫“折简”。 ② 烟霞：山水胜处。坚：坚持不改变。傲：轻慢，倨傲。 ③ 耕凿：耕田凿井，代指田园生活。

杨彪病后称遗老①，周党归来话圣朝②。
自是玺书修盛举③，此身只合伴渔樵。

【翻译】

柴门里一片秋色野草萧萧，
叫人吃惊的是幕府里居然折简来招。
我哪敢流连烟霞不改笑傲，
只是贪恋耕凿图个长久逍遥。
当年那杨彪病后还自称遗老，
周党归来自会歌颂圣朝。
玺书征用自然是当今盛举，
但我这个身子可只适宜伴随渔樵。

---

① 杨彪病后称遗老：曹丕废汉称帝后，要请杨彪做太尉，杨彪说自己做过汉朝的三公，如今高年有病，坚决辞谢掉。这里吴伟业把自己比做杨彪。 ② 周党归来话圣朝：东汉光武帝征周党做官，周党到洛阳请求归隐，光武帝认为："自古明王圣主，必有不宾之士。"赐帛四十匹，同意了他的请求。这里吴伟业也自比周党。 ③ 玺书：皇帝的诏书，因为加盖了皇帝的玉玺，所以也叫玺书。修盛举：盛举也就是盛事，盛大的好事，修是举办的意思。

其二

莫嗟野老倦沉沦①，领略青山未是贫②。
一自弓旌来退谷③，苦将行李累衰亲④。
田因买马频书券⑤，屋为牵船少结邻⑥。
今日巢由车下拜⑦，凄凉诗卷乞闲身⑧。

【翻译】

不必嗟叹我这个野老惯于沉沦，
能领略青山佳趣就算不了贫困。

---

① 倦：习惯于。沉沦：沦落埋没在一般平民百姓之中。② 领略：欣赏，领会。③ 弓旌：先秦时招士大夫用弓用旌，后来也就用“弓旌”指代征召隐逸。退谷：唐元结在今湖北武汉附近的山里找了个地方名之为退谷，并写了个《退谷铭》，说“干进之客，不能游之”。干进，就是想办法要做官。④ 行李：指吴伟业这次进京准备的行李。衰亲：衰老的父母亲。这时吴伟业的生身父母和嗣母都还健在。⑤ 买马：指买进京路上骑的马。券：契约，这里指卖田的契约。⑥ 牵船：负绛引船前进，这里指雇船进京。少结邻：指卖掉房子，房子卖得少了，邻居自然也就少了。这和上句的卖田怕都是夸大其辞的说法。⑦ 巢由：指古代隐居而鄙弃高位的巢父、许由。车：指京里当事大老们的车。⑧ 诗卷：指寄呈大老们的这四首诗。闲身：退闲之身，不做官之身。

但自从弓旌来到退谷，
置办行李就得苦累衰亲。
田地为了买马一再书券出售，
房屋为了雇船弄得少人结邻。
如今巢由在您车下拜请，
呈上语句凄凉的诗篇要求讨个闲退之身。

其三

匹马天街对落晖①，萧条白发怅谁依②。
北门待诏宾朋盛③，东观趋朝故旧稀④。

---

① 天街：指京城里的大街，有的本子作“天涯”，怕是错了，因为这首诗的前三联都是预写到京后的情况。落晖：傍晚落日余晖。 ② 萧条：有的本子作“萧疏”，在这里都是形容年老头发稀少。 ③ 北门待诏：唐高宗时皇后武则天把有文学的元万顷等人召入待诏，即听候上边吩咐动笔杆出主意，叫他们从皇宫的北门出入，不经过南边的政府机关，所以人称“北门学士”、“北门待诏”。这里是指这次被征召入京的人。 ④ 东观：东观是东汉皇室藏书的地方，选有学术文艺的人在里边工作。这里说东观是指当时的翰林院等文化部门。趋朝：京官凌晨上朝。故旧：老相识，老朋友。

雪满关河书未到①，月斜宫阙雁还飞②。

赤松本是留侯志③，早放商山四老归④。

【翻译】

骑马走过天街面对着落日的余晖，

白发萧条惆怅地想去依谁。

尽管北门待诏宾朋犹盛，

只是东观趋朝故旧已稀。

雪满关河音书未必先到，

月斜宫阙归雁还想南飞。

追随赤松本是留侯的志愿，

---

① 书未到：指寄呈当事大老们的书信和这几首诗，因阻雪不一定能早到。 ② 雁还飞：雁是候鸟，每年春分后飞往北方，秋分后又飞回南方。吴伟业在这里说“雁还飞”，仍是在表白自己要回南方的本愿。 ③ 赤松本是留侯志：《史记·留侯世家》说，张良在天下平定后要求引退，“愿弃人间事，欲从赤松子游”。赤松子是传说中的古代仙人。 ④ 早放商山四老归：《史记·留侯世家》里还说，张良辅佐天子，而汉高祖准备把太子废掉，张良出主意让太子把东园公、角（lù）里先生、绮里季、夏黄公四位八十多岁的老人请了出来，汉高祖看到太子羽翼已成，就打消了废掉太子的主意。这四位老人说是隐居在今陕西商县东南的商山，所以也叫“商山四皓”。文献上没有说这“四皓”后来继续留在朝廷上，应是仍回商山隐居，所以吴伟业在这里提出“早放商山四老归”的要求。

望早早把商山四老放归。

其四

平生踪迹尽繇天①，世事浮名总弃捐②。
不召岂能逃圣代③，无官敢即傲高眠。
匹夫志在何难夺④，君相恩深自见怜。
记送铁崖诗句好，白衣宣至白衣还⑤。

【翻译】

平生的踪迹都听凭老天，
世上的浮名早就统统弃捐。
即使不行征召也岂能背离圣代，
即使不任官职也怎敢孤傲高眠。
匹夫志愿本来何难改易，

---

① 踪迹：在这里指平生的出处经历。繇：通“由”。② 捐：抛弃。 ③ 逃：逃避，背离。圣代：封建社会里对自身所处朝代的尊称。 ④ 夺：在这里是改变的意思。 ⑤ 记送铁崖……白衣还：铁崖是元末诗人杨维桢的号，明太祖曾召他到南京纂修礼乐书，他住了一百多天就请求回乡，明太祖同意了，没有硬留他做官。当时宋濂做诗送他，诗里有“不受君王五色诏，白衣宣至白衣还”的句子，吴伟业在这里借用来作为自己的请求。白衣，就是布衣、老百姓，即没有做官的人。

只是君相的恩深自会有所恤怜。
记得当年赠送杨铁崖的诗句真好，
叫做白衣宣至白衣放还。

读汉武帝纪

这是一首评论西汉武帝的五言绝句。题目所谓《读汉武帝纪》，就是看了《汉书·武帝纪》所写的读后感。这种诗过去统称为咏史诗，除可写成五言绝句外，还可写成七言绝句和五七言律诗。只是五言绝句更难写，只有短短的四句话二十个字，写起来必须抓住人物或史事的要点。这首诗写作的确切时间已不清楚，《梅村家藏稿》把它编在后集里，可见是顺治十年(1653)吴伟业四十五岁北行后所作。同时它又被编排在后集七言绝句诗的开头，后面才有侍从清世祖行礼的《南苑应制》诗，可见这诗可能写在刚到北京之时，当然也可能是在路上闲着写了解闷的。

岱观东迎日①,河源西问天②。
晚来雄略尽③,巫蛊是神仙④。

【翻译】

泰岱景观东迎日出,
河源探寻西问天边。
谁知晚年雄略都尽,
巫蛊居然成了神仙。

---

① 岱观东迎日:西汉武帝在元封元年(前110)东巡登泰山行封禅礼。泰山又称岱岳、岱宗,在它的日观峰上可看到日出奇景。 ② 河源西问天:武帝建元二年(前139)派张骞通西域,并探寻黄河的发源地。 ③ 雄略:雄才大略,《汉书·武帝纪》的赞里说武帝"雄才大略"。 ④ 巫蛊(gǔ古)是神仙:武帝迷信神仙,曾多次被方士欺骗,到晚年他多病,有个叫江充的诬告太子在宫里埋了木人来暗害武帝,引发一场祸乱,太子被杀。这种埋木人来害人当然是一种迷信活动,但古人是相信的,称这种活动叫"巫蛊",武帝晚年的这场动乱史书也就称作"巫蛊之祸"。

萧　何

这是一首以萧何为题目的五言绝句，但实际上不是评论萧何，而是对改朝换代发感慨。《梅村家藏稿》把它编在后集，排在《读汉武帝纪》的后面，很可能是同时的作品。

萧相营私第，他年畏势家①。
岂知未央殿②，壮丽只栖鸦。

① 萧相……势家：萧何晚年购买田宅，总要找偏僻不好的地方，盖房舍不筑墙屋，说如果子孙贤就学我的俭朴；不贤，也不致被有权势的人家抢占。 ② 未央殿：未央宫的前殿。未央宫是汉高祖七年（前200）萧何主持建造，王莽末经战乱毁掉。

【翻译】

当年萧相营建私第，
只怕侵夺来自势家。
哪知汉家的未央殿，
尽管壮丽最终却栖息着乌鸦。

偶　　得

这个题目下共有分咏三件时事的三首七言绝句,这里选了第二首,是讲顺治九年(1652)十二月,北京城里大流氓、土霸王李应试、潘文学被拿获正法的事情。李应试此人在明朝已犯重罪被收监,后来漏网出狱,专门豢养强盗,结交官吏衙役,勒索铺户,甚至在崇文门税务上自立规条抽税;潘文学则自充马贩,接济远近盗贼,不仅和文武官员多有往来,还敢在外城住所按照政府分六部的办法接待来人。吴伟业是在顺治十年(1653)冬天到北京的,这诗应是听到了人们讲起这件稍过时的大新闻而写的,很可能写于顺治十一年(1654),当时吴伟业四十六岁。

家居柳市匿亡逃①，轻侠为生旧鼓刀②。
一自赤车收赵李③，探丸无复五陵豪④。

【翻译】

家住柳市藏匿亡逃，
轻侠为生是当年市上的鼓刀。
一从赤车收缚了赵和李，
再不见敢于探丸杀吏的五陵豪。

---

① 家居柳市：《汉书·游侠列传》说，有个叫万章的人住在长安城西柳市，比长安的主管大员京兆尹还有权势，后来成帝和平年间王尊任京兆尹，把他和其他几个豪侠都捕获杀死。 ② 轻侠：轻是行动轻率，侠是游侠。鼓刀：《史记·刺客列传》讲聂政自称"市井之人，鼓刀以屠"。鼓刀，就是宰杀牲畜时动刀作声。 ③ 赤车：捕人的车子。见《后汉书·隗嚣传》。收赵李：《汉书·何并传》说他在西汉哀帝时任颍川太守，郡治阳翟（今河南禹县）。豪侠赵季、李款逃亡，仍被他派人捕杀，悬头示众。 ④ 探丸：《汉书·酷吏·尹赏传》说："长安中奸猾浸多，闾里少年群辈杀吏受赇（qiú 求，就是贿赂）报仇，相与探丸为弹，得赤丸着斫武吏，得黑者斫文吏，白者主丧。"五陵豪：西汉元帝前每筑一个皇帝的陵墓，就要在那里设置一个县，并迁来富户。五陵指高帝长陵、惠帝安陵、景帝阳陵、武帝茂陵、昭帝平陵，这里最多富豪。

松 山 哀

这是以松山战役为题材的七言古诗。松山在今辽宁锦县西南，锦县在明代是锦州府的府治。明崇祯十三年(1640)清太宗皇太极进取锦州，明总督洪承畴指挥八员总兵统率兵十三万人、马四万匹救援，十四年(1641)七月在松山战败被围，十五年(1642)二月松山被攻陷，洪承畴降清。以后洪承畴甘心为清政权效劳，顺治二年(1645)六月以大学士总督军务招抚江南各省，顺治十年(1653)五月又以大学士兵部尚书任湖广、广东、广西、云南、贵州五省经略，进攻明永历政权。吴伟业这首诗当是入京后听到洪承畴任五省经略而写的，时间可能在顺治十一年(1654)，当时吴伟业四十六岁。诗里不仅讲松山战役的惨重牺牲，讲洪承畴的改节事敌，还讲到清兵入关之后关外景观的变化，感慨万千，是吴诗中的名作。

拔剑倚柱悲无端①，为君慷慨歌松山。卢龙蜿蜒东走欲入海②，屹然搘拄当雄关③。连城列障去不息④，兹山突兀烟峰攒⑤。中有垒石之军盘⑥，白骨撑拒凌巑岏⑦。十三万兵同日死，浑河流血增奔湍⑧。

---

① 无端：无缘无故。 ② 卢龙：古塞名，在今河北喜峰口附近，古时有条塞道，自今蓟县东北经遵化，循滦河河谷出塞，折东趋大凌河流域，是从河北平原通向东北的交通要道。蜿蜒：曲折延伸貌。 ③ 屹（yì 艺）：高耸直立貌。搘拄（zhī zhǔ 支主）：支撑。雄关：指山海关。 ④ 障：边塞上防御用的小城堡。 ⑤ 突兀：高耸突出貌。烟：烟霭，云气。攒（cuán 窜阳平）：聚集在一起。 ⑥ 军盘：营垒，营盘。 ⑦ 撑拒：横一根、竖一条的。凌：压在上面。巑岏（cuán wán 攒完）：山高尖且大叫巑岏。 ⑧ 浑河：在今辽宁省东部，源出清源县东，西南流经抚顺、沈阳，到海城县又有太子河注入，顺大辽河南流，在营口附近入海。明万历四十四年（1616）明和后金的萨尔浒战役，就首先在浑河南岸展开，明大将杜松的军队在这里被歼灭。至于松山之战本不在这浑河边，这句诗的意思是说十三万明兵同时牺牲，他们的鲜血使原先流过血的浑河更增加了流量，这当然是夸张的手法。湍（tuán 团）：急流的水。以上第一段，从松山讲到洪承畴的战败。

岂无遭际异①，变化须臾间②。出身忧劳致将相，征蛮建节重登坛③。还忆往时旧部曲④，喟然叹息摧心肝⑤。

呜呼，玄菟城头夜吹角⑥，杀气军声振寥廓⑦。一旦功成尽入关⑧，锦裘跨马征夫乐。天山回首长蓬蒿⑨，烟火萧条少耕作。废垒斜阳不见人，独留万鬼填寂寞⑩。若使山川如此闲，不知何事争强弱⑪。

---

① 遭际：遭逢时机而被委以重任。 ② 须臾：顷刻，很短暂的时间。 ③ 征蛮建节：指洪承畴出任湖广、广东、广西、云南、贵州五省经略，因为这五省在我国南部，是古代所谓南蛮生活的地方，所以经略这五省可叫"征蛮"。 ④ 部曲：本是汉代军队的编制名称，魏晋时成为将领的私兵，这里用来指洪承畴在松山战役时所指挥的部队。 ⑤ 喟（kuì 愧）：叹息声。摧：伤。以上第二段，讲洪承畴为清廷效力的汉奸行径，妙在没有作正面指斥，而说他想起旧部曲时受到自己良心的谴责。 ⑥ 玄菟（tù 兔）：西汉武帝所置的郡，辖境相当于今辽宁东部、东至朝鲜咸镜道一带，后来治所移至辽河流域，辖境缩小。这里借用来指山海关外的满族原根据地。角：古代军中的一种乐器。 ⑦ 寥廓：空阔，这里指空阔的天空。 ⑧ 关：指山海关。 ⑨ 天山：本是横贯我国新疆中部、西端伸入苏联中亚细亚的大山系，这里借用来指山海关外的满族原根据地。⑩ 万鬼：指包括松山战役在内的历次战役中战死的明朝兵将。古人认为人死了成为鬼，所以这里说"万鬼"。 ⑪ 以上第三段，为满族入关后关外反被荒弃发感慨。

闻道朝庭念旧京[1]，诏书招募起春耕。两河少壮丁男尽[2]，三辅流移故土轻[3]。牛背农夫分部送，鸡鸣关吏点行频[4]。早知今日劳生聚[5]，可惜中原耕战人[6]。

【翻译】

拔出剑靠着柱子悲哀无端，
为君慷慨地写下长歌来歌咏松山。
卢龙蜿蜒地往东延伸快要进入渤海，
屹然地支撑着面对雄关。
连城列障一路走去不见完，
松山突兀地耸立高峰入云端。
山里边有石头垒成的营盘，
白骨纵横堆积散落在其间。
十三万兵士同一天战死，

---

① 旧京：指今辽宁的辽阳、沈阳，在满族入关前曾先后为京城。 ② 两河：《尔雅·释地》说："两河间曰冀州。"大体包括今山西及河北的大部分地区。丁男：成年的男子。 ③ 三辅：西汉时把京兆尹管辖区和左冯翊、右扶风合称三辅，这里引申指都城北京及其周围地区。 ④ 点行：按簿籍册点名放行。 ⑤ 生聚：繁殖人口，聚积物力。 ⑥ 中原耕战人：这里的中原，指山海关以内居民以汉族为主的广大地区。耕是指这次被迁出关垦种的，战是指当年在关外和满人战斗的。以上最后一段，为出关垦种的事情发感慨。

浑河里流着战血更加急湍。

难道不会遭逢时机，
变化就在顷刻之间。
出身忧劳官至将相，
征蛮建节重登高坛。
可回想起旧时的老部下，
难免喟然叹息痛摧心肝。

唉，当年玄菟城头连夜吹角，
行军声喊杀声声振寥廓。
一旦功成统统进了关，
披上锦裘跨上骏马八旗战士真好快乐。
可回首请看天山上长起了蓬蒿，
烟火稀少更有谁在耕作。
斜阳照着废弃的战垒不见人影，
只留下成万的鬼魂来破除点寂寞。
早知把山川弄得这么冷落，
真不知为什么要争个强弱。

听说朝廷想念起关外的旧京，
下诏书招募人们前往春耕。

两河之间的少壮丁男已调发将尽，
又让三辅一带背井离乡去远征。
农夫骑上牛背被分部押送，
鸡鸣后关吏按簿籍不停地点名放行。
早知道今天要花费如此气力来生聚，
真可惜中原大地那么多耕战的人。

宣宗御用戗金蟋蟀盆歌

这是一首以明宣宗御用蟋蟀盆为题材的七言古诗。这个盆是孙承泽收藏的，他是明崇祯四年(1631)和吴伟业同榜的进士，后降清，官至吏部左侍郎，以鉴赏书画著称，著有《庚子消夏记》一书评论他所收藏的名迹。吴伟业这次进京后，曾为他在西山所营别墅退谷写过一首七言古诗，这首七言古诗大概也是在退谷写的，时间约在顺治十一、二年(1654、1655)，当时吴伟业四十六、七岁。诗在盆上没有多做文章，而着重讲了养蟋蟀，同时又不是单纯讲养蟋蟀，而是把盆里的蟋蟀和战场上的英雄联系起来写，很多句子既是在写蟋蟀，又是在写人，用特殊的笔调回顾了前明的兴亡，堪称不落俗套的杰作。

宣宗在御升平初①，便殿进献《豳风图》②。暖阁才人笼蟋蟀③，昼长无事为欢娱④。

---

① 宣宗：明宣宗朱瞻基是明代第五个皇帝，洪熙元年(1425)即位，第二年改元宣德，宣德十年(1435)去世。他生平最爱斗蟋蟀，派宦官到今江苏去给他弄来好的品种，一次要一千头，以致当地一头上品蟋蟀要卖到十几两银子。清初蒲松龄所写《聊斋志异》里有篇题为《促织》的，讲宣宗时进贡蟋蟀已成为害民的虐政，所谓"促织"也就是蟋蟀。不过吴伟业这首诗是从另一角度来写的，没有顾得上对此作批判。御：御宇，统治国家。升平：承平，俗称太平时候。 ② 便殿：皇帝休息宴乐的地方，和正殿相对而言。《豳(bīn 斌)风图》：《诗·国风》共包括十五个国或地区的风诗，《豳风》是其中之一，后人有把它画成图的，叫《豳风图》。又因为《豳风》的《七月》篇有"十月蟋蟀，入我床下"的话，所以"进献《豳风图》"就可以从图上看到蟋蟀，从而引入养蟋蟀。 ③ 暖阁：为防寒而在大屋里分隔出的小间，明乾清宫后有九间暖阁，可上可下，供皇帝随时居处。才人：妃嫔的一种称号，这里泛指妃嫔。笼：用笼子养。但养蟋蟀并非用笼子，这里的笼只是养的意思。 ④ 以上第一段，总的讲明宣宗爱玩蟋蟀。

定州花瓷赐汤沐①,玉粒琼浆供饮啄②。戗金髹漆隐双龙③,果厂雕盆锦香褥④。佽飞着翅逞腰身⑤,玉砌

① 定州花瓷:这是指蟋蟀盆里用的定州花瓷的饮食小盆。这定州始置于北魏,治所在今河北定县,北宋时这里以产瓷器著称,世称定窑。至于定窑瓷器中是否真有供蟋蟀饮食的器具,已不得而知,这里仅用来说御用蟋蟀盆的珍贵,不一定真是用北宋时的定窑花瓷。赐汤沐:汤是热水,用来洗身;沐是洗头。汤沐就是洗澡。据记载,周天子在自己的辖境内赐给诸侯汤沐邑,以便诸侯朝见时住宿汤沐。到汉代,皇帝、皇后、公主等也把自己直接征收赋税的私邑叫"汤沐邑"。这里是指把上等的好瓷赐给蟋蟀作为饮食盆。 ② 玉粒:指好的米粒。琼浆:指好的饮水。饮啄(zhuó 浊):本指鸟类的喝水吃东西,鸟类取食就叫啄,后引申来通称饮食,所以对这不能啄的蟋蟀也可称饮啄。 ③ 戗(qiàng 呛)金:戗是填嵌(qiàn 欠),在器物上用嵌金的方法作出花纹,叫戗金,一般多用在漆器上,这里就指用漆制的戗金的蟋蟀盆。髹(xiū 休):用漆漆物。双龙:指用戗金做成的双龙花纹。 ④ 果厂:果园厂,明代为皇帝制造漆器的地方。雕盆:戗金漆器都需经雕刻,所以叫雕盆。锦香褥:指垫在蟋蟀盆底用锦做的褥子。
⑤ 佽(cì 次)飞:据说秦时有个勇士叫佽飞,因而汉宣帝招募有才力的射士也称之为"佽飞",佽飞是便利轻捷若飞的意思。这里因为蟋蟀有翅,所以把"佽飞"借来用在它身上。逞:表现,卖弄。

轩鬐试一鸣①。性不近人须耿介②,才堪却敌在僄轻③。

君王暇豫留深意④,棘门霸上皆儿戏⑤。斗鸡走狗谩成功⑥,今日亲睹战场利⑦。

坦颡长身张两翼⑧,锯牙植股须如戟⑨。汉家十二羽林郎⑩,虫达封侯功第一⑪。临淮真龙起风

---

① 玉砌(qì 气):砌是台阶,玉砌是石做的台阶,这里是指盆里供蟋蟀活动的玉砌。轩:扬起。鬐(qí 其):本指马鬣(liè 猎),即马颈上的长毛,这里借用来指蟋蟀的触须。 ② 耿介:正直,耿直。 ③ 却:打退。僄(piào 票):矫捷,轻捷。以上第二段,从盆的精美讲到蟋蟀的威武。 ④ 暇豫:悠闲逸乐。 ⑤ 棘门霸上皆儿戏:西汉文帝时匈奴入侵,文帝派三个将军防守,刘礼驻霸上,徐厉驻棘门,周亚夫驻细柳。文帝亲自去慰劳,只有细柳军营垒严整,不得随便出入,于是文帝说:"霸上、棘门军若儿戏耳。" ⑥ 斗鸡走狗:古代的两种游戏,还可用来赌输赢。谩(mán 蛮):用言语欺蒙。 ⑦ 以上第三段,讲宣宗要看斗蟋蟀。 ⑧ 坦:平而宽广。颡(sǎng 嗓):额。 ⑨ 植:竖立,直立。 ⑩ 汉家十二羽林郎:东汉时设置羽林郎的官职,作为皇帝的警卫侍从,李白诗《侍从游宿温泉宫作》有"羽林十二将,罗列应星文"的句子,这里因蟋蟀有翅即羽,所以借来套用,并非汉代羽林郎真有十二之数,更不是说羽林郎和蟋蟀真有关系。 ⑪ 虫达封侯功第一:虫达,是西汉高祖手下的将领,因功封曲成围侯,见于《汉书·高惠高后文功臣表》,但他并未充任过羽林郎,更谈不上功第一,这里只因为他姓虫,所以借来讲蟋蟀。

云①,二豪螟蛉张与陈②。草间窃伏成何用③,灶下厮养非吾群④。大将中山独持重⑤,却月城开立不动⑥。两目相当振臂呼,先声作势多操纵⑦。应机变化若有

---

① 临淮真龙:指明太祖朱元璋,他是濠州钟离(在今安徽凤阳东)人,明初改濠州为凤阳府,改钟离为临淮,所以说他是临淮真龙。 ② 二豪螟蛉(míng líng 明铃)张与陈:刘伶《酒德颂》有"二豪侍侧焉,如蜾蠃之与螟蛉"的话,蜾蠃(guǒ luǒ 果裸)是一种细腰蜂,也叫蠮螉(yē wēng 噎翁)。螟蛉,是吃稻心的螟蛾的幼虫,常为蜾蠃所捕食。这里的二豪指张与陈,即和朱元璋争天下而最终败死的张士诚和陈友谅,说他俩在临淮真龙面前成了极不中用的螟蛉。 ③ 草间窃伏:本指盗贼躲在草丛里等待时机活动,这里指躲在草丛里没本领的蟋蟀。 ④ 灶下厮(sī 司)养:王莽末年,西汉皇族刘玄起兵进入长安,所任用官员出身低微,有"灶下养,中郎将"的说法,这灶下就指在厨房里做饭的;养就是厮养,厮是析薪养马,养是伺候做饭,厮养就是旧社会所贱视的服杂役的人。这里的"灶下厮养"则又是用来指蟋蟀,蟋蟀有产在厨房里的,据说都没本领。 ⑤ 大将中山独持重:指徐达,他在明开国的武将中是第一位大功臣,封中山王,长于谋略,所以说他"独持重"即谨慎稳重。这里又是借他来指宣宗养的有本领的蟋蟀,指在决斗之前持重而不乱动。 ⑥ 却月城:却月,是半圆形的月亮。却月城,是古代打仗时筑的营垒,作半圆形,凹的一边面向敌人。这里因为蟋蟀盆是圆的,蟋蟀在盆里边上站立,后边等于是个却月城。 ⑦ 先声:先声夺人,先张扬自己的声威以摧折对方士气。操纵:操是收,纵是放,这里指蟋蟀在决斗前一退一前,是为决斗作准备。

神，僄突仿佛常开平①。黄须鲜卑见股栗②，垂头折足亡精魂③。独身跳免追且急④，拉折攀翻只一掷。蠮螉塞外蠕蠕走⑤，使气穷搜更深入。当前拔栅赌先登⑥，夺采争筹为主人⑦。自分一身甘瓦注，不知重赏用

---

① 僄突仿佛常开平：常遇春，在明开国武将中地位仅次徐达，封开平王，作战勇敢深入。僄（piào 票）突就是轻捷冲突。这里仍是指宣宗的蟋蟀，形容它决斗起来的情态。

② 黄须鲜卑：鲜卑是我国古代的少数民族，原先在东北，北匈奴西迁后进入其故地，曾建立北魏等政权，南北朝以后与汉族融合。黄须鲜卑则是东晋时人对晋明帝司马绍的贱称，也许因为他状貌像鲜卑。这里则用来指被明兵驱逐逃回北方的元顺帝妥懽帖睦尔，并兼指没本领的蟋蟀。股栗：腿发抖。

③ 垂头折足：既形容人负伤，又形容蟋蟀斗败。 ④ 跳：这本可读作 táo，通“逃”，但这里仍应读作 tiào，解释为跳跃，因为蟋蟀逃走都用跳跃方式。 ⑤ 蠮螉塞：边塞所开土室用来斥候远望，像蠮螉用土做巢，叫做蠮螉塞。蠕（rú 如）蠕：在北魏政权的北边有少数民族柔然，有时也译写成蠕蠕，而蠕蠕通常又用来形容虫的爬动，所以这里既用来指逃回北方的蒙古族，又用来指斗败的蟋蟀。 ⑥ 拔：拔除，攻克。栅（zhà 炸）：这里指军事上作防御用的栅栏。 ⑦ 夺采争筹为主人：过去用斗蟋蟀来赌输赢，这句诗是说蟋蟀决斗是在为喂养自己的主人拼命。夺采：采是采头，幸运，赌博时的夺采则指赢钱。争筹：筹本是记数和计算用的工具，赌博时也用来代替现钱，叫筹码，这里争筹也就是赢钱。

黄金①。

君王笑谓当如此，楚汉争雄何足齿②。莫嗤超距浪轻生③，横草功名须致死④。

二百年来无英雄⑤，故宫瓦砾吟秋风⑥。一寸山河

① 自分一身……用黄金：《庄子·达生》里说："以瓦注者巧……以黄金注者殙(hūn 昏)。"注在这里是投，意思是要去投中某一个东西，用瓦投易于投中，因为瓦不值钱，投不中也无所谓，用黄金则正相反，所以会"殙"，殙就是迷乱。这里是说蟋蟀甘愿像瓦那样被抛出去卜输赢，而不管是否可得到重赏黄金。这又是用来讲明初徐、常等大将的忠贞。以上第四段，讲蟋蟀的战斗。② 楚汉争雄何足齿：指秦末项羽和刘邦的争雄，说明初开国诸将所立下的战功，是楚汉相争都比不上的。何足齿：齿是齿及，谈到，何足齿是不值得一提。
③ 嗤(chī 吃)：讥笑。超距：跳过障碍物，古代训练士兵的一种方式。因为蟋蟀善跳，所以这里用"超距"。浪：随便。
④ 横草功名：《汉书·终军传》有"军无横草之功"的话，所谓横草，是说军队开出去，把草压得横倒下来；因斗蟋蟀时要用草去把蟋蟀挑动，所以把"横草功名"借用到这里。致死：拼死命。以上第五段，讲宣宗对蟋蟀的战斗表示赞赏。⑤ 二百年：从明太祖洪武元年(1368)元顺帝逃离北京算起，到明神宗万历四十七年(1619)萨尔浒之战努尔哈赤大败明兵，前后二百五十一年，举其成数可以说"二百年"。⑥ 故宫瓦砾(lì 历)：故宫指北京城内的明大内紫禁城，即今故宫博物院所在地。故宫瓦砾是指故宫经破坏变成一大堆碎砖瓦。但实际上无论李自成进京和稍后清兵进京，大内都基本完好，没有受到什么大破坏，这里是过甚其辞的写法。

斗蛮触①,五千甲士化沙虫②。灌莽微躯亦何有③,捉生误落儿童手④。蚁贼穿墉负败胔⑤,战骨虽香嗟速朽⑥。

凉秋九月长安城⑦,黑鹰指爪愁双睛⑧。锦韝玉绦

① 一寸山河斗蛮触:《庄子·则阳》说,在蜗牛的左角上有个国家叫触氏,右角上有个国家叫蛮氏,两国争地而战,战场上积了几万具尸体。这当然是寓言,但后来"蛮触之争"就成了个典故,用来指因细故引起的不必要的争战。这里则是因为蛮和触都寄生在蜗牛这个虫类身上,所以又借用来指蟋蟀这个虫类的战斗,同时又指明清之间的争战。"一寸山河一寸金"是辽人左企弓写的诗句。 ② 甲士:穿上铠甲的战士。化沙虫:周穆王南征战败,有"三军之士,一朝尽化,君子为猿为鹤,小人为虫为沙"的神话,见《太平御览·羽族部》引《抱朴子》。后来人们常用这化猿鹤沙虫来指战败阵亡的兵将,这里因为讲到虫,所以要引用。 ③ 灌莽微躯:指草木丛里的蟋蟀。 ④ 捉生:捕捉俘虏,唐代武职中就有所谓捉生将,这里只是捕捉的意思。 ⑤ 蚁贼:这又是双关语,既指吃蟋蟀尸体的蚂蚁,又指打入北京的农民军。穿墉(yōng 拥):墉是墙,这里指蟋蟀盆的边,穿是穿过。胔(zì 自):肉还没有烂尽的骨头。 ⑥ 战骨虽香:我国古代对阵亡殉国者很尊崇,说他们的尸骨是香的。以上第六段,讲由于二百年来无英雄,以致故宫瓦砾,战士牺牲,就连勇敢的蟋蟀也落得悲惨的下场。 ⑦ 长安城:明清人把长安作为首都的代称,指北京城。 ⑧ 黑鹰指爪愁双睛:指满人放鹰打猎,据说鹰会扑下去用指爪挖猎物的眼睛,所以诗句这么说。

竞驰逐①,头鹅宴上争输赢②。斗鸭栏空舞马死③,开元万事堪伤心④。

秘阁图书遇兵火⑤,厂盒宣窑贱如土⑥。名都百戏少人传⑦,贵戚千金向谁赌⑧。

---

① 锦韝(gōu 勾)玉绦(tāo 滔)竞驰逐:韝是射箭时为了便于动作用来束衣袖的勾套,锦韝是用锦做的。绦是用丝编织的带子绳子,这里指马缰绳,玉是形容绦的质量讲究。竞驰逐是指满人跑马打猎互相追逐。 ② 头鹅宴上争输赢:东北少数民族把每年打到的头一个大天鹅叫"头鹅",辽主得到头鹅后要进献祖庙,群臣也得献酒果称贺。 ③ 斗鸭:三国时东吴有的贵族在堂前筑斗鸭栏,当时斗鸭也是一种游戏。舞马:唐玄宗训练过一批舞马,听了音乐会舞踏。 ④ 开元万事堪伤心:开元是唐玄宗前期的年号,当时国势强盛,成为所谓"开元盛世",这里就借用来指明初盛世,意思是想起当初的一切事情都叫人伤心。以上第七段,讲满人进入北京后只知打猎而无斗蟋蟀的雅兴。 ⑤ 秘阁:皇帝收藏图书的地方。⑥ 厂盒:盒是由底、盖上下合成的盛器,厂盒是果园厂所制造的御用漆盒,在当时已是极珍贵的东西。宣窑:明宣宗宣德年间所烧制的瓷器,在当时也已成为极珍贵的东西。 ⑦ 名都:著名的大都会,此指北京。百戏:秦汉以来把各种乐舞、杂技总称为"百戏",元以后才少用这一词。 ⑧ 以上第八段,讲经过战乱后北京城里文物损毁,百戏凋零,后者归结到斗蟋蟀,前者归结到御用蟋蟀盆。

乐安孙郎好古癖①，剔红填漆收藏得②。我来山馆见雕盆③，蟋蟀秋声增叹息④。

呜呼，漆城荡荡空无人⑤，哀螿切切啼王孙⑥。贫士征夫尽流涕⑦，惜哉不遇飞将军⑧！

---

① 乐安：孙承泽的籍贯，今山东广饶。癖（pǐ 匹）：积久成习的嗜好。 ② 剔红填漆：剔红和填漆，是明果园厂制作漆器的两种方法，制成的漆器都极精美名贵。 ③ 山馆：指孙承泽在北京西山经营的退谷。 ④ 蟋蟀秋声增叹息：北宋欧阳修《秋声赋》在结尾处说："但闻四壁虫声唧唧，如助予之叹息。"这虫声自包括蟋蟀声在内，因而在这里被套用。以上第九段，归结到在孙承泽处见这蟋蟀盆。 ⑤ 漆城荡荡空无人：《史记·滑稽列传》说，秦二世要用漆来漆城，手下的优旃（zhān 毡）讽刺道："佳哉！漆城荡荡，寇来不能上。"荡荡，本是平坦的意思，这里引申为光滑，意思是城漆过以后很滑，盗贼爬不上来。这里借用漆城来指戗金雕漆的蟋蟀盆。空无人，则是指这个盆在孙承泽手里已不再用来养蟋蟀。 ⑥ 螿（jiāng 浆）：寒螿，也就是寒蝉，是蝉的一种。王孙：传为西汉扬雄编写的《方言》里说，南楚地方把蟋蟀叫做蛀（wáng 王）孙。这里就借用来把"蛀孙"写成"王孙"，既指蟋蟀，又指明朝的王孙。说蟋蟀已不见了，王孙也沦落了，连寒螿都在为他们哭泣。 ⑦ 征夫：远行的人。 ⑧ 不遇：《史记·李将军列传》说西汉文帝曾说李广"不遇时"，如果在高帝时弄个万户侯是不在话下的，这里"不遇"就是"不遇时"，没有碰上机会被人提拔的意思。飞将军：匈奴称李广为"飞将军"。以上最后一段，对当时即使有了飞将军也只算生不逢时这点发感慨。

【翻译】

当初宣宗在位海内升平称盛世，
便殿休暇翻看那《豳风图》。
暖阁里才人们养起了蟋蟀，
日长无事好寻点欢娱。

定窑的花瓷给蟋蟀作汤沐，
玉粒和琼浆供蟋蟀来饮啄。
戗金髹漆隐藏着双龙纹，
这是果园厂的雕盆还衬垫着锦香褥。
盆里的蟋蟀双翅轻捷卖弄着好腰身，
在玉砌上扬起触须试试鸣叫声。
它不爱近人只缘秉性耿直，
它才能却敌何等矫健僄轻。

君王悠闲地玩弄蟋蟀自有深意，
那棘门霸上无非都是些儿戏。
斗鸡走狗还可夸耀成功，
今天要亲自看看蟋蟀在战场上如何取得胜利。

蟋蟀宽额头长身子张开了两翼，
锯子般的牙齿直立的双股触须好似戟。

汉家曾有十二位羽林郎，
其中虫达封上侯爵功劳居第一。
临淮的真龙驾起了风云，
像螟蛉般的二豪就是张和陈。
他们在草间窃伏能成什么大事业，
无非是些灶下厮养哪算得我们这一群。
中山王这位大将谨慎又稳重，
却月城开了仍立着不轻动。
只是目光注视还振臂高呼，
来个先声夺人还作势操纵。
随机应变真好似通神，
轻捷冲突仿佛是那常开平。
让那黄须鲜卑见了腿发抖，
垂下头折着足丢失了精魂。
单身子跳着跑后面可追得急，
拉断了扑翻了再加一掷。
哪管在蠮螉塞还蠕蠕地逃走，
鼓足气再来个穷搜深入。
勇猛当前拔除敌栅比一比哪个先攀登，
夺得采争到筹一心为着主人。
自己甘愿把这身子付瓦注，
哪顾得是否重赏用黄金。

君王笑着说正该如此，
当年的楚汉争雄真何足挂齿。
不要笑它只知道超距看轻了生命，
要立下横草之功就得去拼死。

到如今二百年来没有再出英雄，
弄得故宫成为瓦砾空吟秋风。
一寸山河也要使蛮触争斗，
五千甲士都化成了沙虫。
灌莽丛里的蟋蟀也去到哪里，
被捕捉错落到了儿童之手。
让蚁贼穿过墙垣衔出它的零残肢体，
它的战骨虽香终免不了速朽。

再看如今凉秋九月里的北京城，
只看到黑鹰的指爪要挖猎物的眼睛。
套上锦鞲拉起玉绦互相跑马竞追逐，
让到头鹅宴上来比输赢。
落到了斗鸭栏空空舞马也死尽，
开元盛世的事情重提起来真叫人伤心。

还有那秘阁图书遇到这空前的兵火，

当年高贵的厂盒啊宣窑啊都贱得像泥土。
大都会里的百戏已少有人传，
贵戚们纵使有了千金能找谁去玩去赌。

乐安的孙郎好古成了癖，
剔红填漆都能藏得。
我来山馆见到这御用的雕盆，
蟋蟀在秋天的鸣叫声真增人叹息。

唉！漆城荡荡里边空空无人，
哀鸣的寒蝉切切地好似在啼哭王孙。
贫士征夫都为之流下眼泪，
可惜啊，生不逢时的飞将军！

怀古兼吊侯朝宗

这是一首悼念友人侯方域的七言律诗。侯方域字朝宗，明河南省归德府商丘县人①，明末“四公子”之一，著名的古文作家，还被写进《桃花扇传奇》里成为男主角。他在明亡后隐居家乡，并写信劝吴伟业也不做清朝的官。至于他自己在顺治八年(1651)参加河南乡试，考得个副榜，则是为了保全家业才不得已应付一下的。所以吴伟业在被迫入京后，总感到有点对不起这位好朋友。侯方域是在顺治十一年(1654)十二月逝世的，当时消息传播得慢，这诗大概写于

① 明河南省归德府商丘县：今河南商丘。

顺治十二年(1655)年初，这时吴伟业四十七岁。

河洛风尘万里昏①，百年心事向夷门②。
气倾士侠收奇用③，策动宫娥报旧恩④。
多见摄衣称上客⑤，几人刎颈送王孙⑥。

① 河洛：黄河、洛水之间的地区，这里指河南。风尘：这里指战乱。 ② 百年：人生通常最多活上一百岁，所以古人用"百年"来指人的一生。夷门：战国时魏国都城大梁的东门叫夷门，当时夷门有个看门的叫侯嬴，曾为魏国的信陵君出主意，叫信陵君通过魏王宠幸的如姬窃取虎符用来夺魏将晋鄙的部队抗秦救赵。因为这侯嬴和侯方域同姓侯，而大梁即今河南开封，再往东又是侯方域的家乡商丘，所以吴伟业以"怀古"为题目，用侯嬴来比拟侯方域。 ③ 气倾士侠收奇用：指信陵君礼遇侯嬴使侯嬴为他出力。气倾就是意气倾倒，也就是志趣相投合。 ④ 策动宫娥报旧恩：指信陵君利用如姬，如姬的父亲被人所杀，信陵君代她报了仇，这时如姬为报恩给信陵君窃取虎符。 ⑤ 摄衣称上客：指信陵君礼遇侯嬴。摄衣即揭起衣服。 ⑥ 刎颈送王孙：王孙指信陵君。信陵君持虎符去夺取晋鄙的部队，侯嬴计算他到部队时就自刎以答谢信陵君，这是战国秦汉时讲侠义的一种风气。刎颈即用刀剑割颈自杀。

死生总负侯嬴诺，欲滴椒浆泪满樽①。

【翻译】

河洛久经战乱万里间风尘昏昏，
要把一生的心事诉向夷门。
想当年倾倒市上游侠能使尽力，
为宫中宠姬复仇能使报恩。
常见到揭衣引进待为上客，
有几人引颈自刎送别王孙。
我死生总辜负了对侯嬴的许诺，
要用椒酒来祭奠眼泪滴入了酒樽。

---

① 死生总负……泪满樽：吴伟业自注："朝宗，归德人，贻书约终隐不出。余为世所逼，有负夙诺，故及之。"贻书就是寄信，终隐是终生隐居，夙诺是从前之所允诺，及之是提到，讲到。侯嬴指侯方域。吴伟业说自己不能坚持不入京做清朝的官，辜负了侯方域的劝说。椒浆即椒酒，用椒浸制的酒，古人常用来祭鬼神。樽即酒杯。

银 泉 山

这是一首以郑贵妃为题材的七言古诗。郑贵妃是明神宗朱翊钧的妃子，神宗万历初年入宫封贵妃，生了福王常洵后进封皇贵妃。神宗极其昏庸，郑贵妃因得宠，想立常洵为皇太子，引起许多宫廷纠纷，甚至有人拿了棍子闯进皇太子常洛的东宫去行凶，说是受郑贵妃名下太监的指使，成为所谓“梃击”疑案。万历四十八年(1620)七月神宗死去，光宗常洛即位，同年八月光宗因病吃了人家进献的红丸又死去，成为所谓“红丸”案，光宗长子熹宗朱由校在东林党人杨涟、左光斗等人拥戴下即位，把和郑贵妃勾结想垂帘听政的光宗宠妃李选侍硬从内院正寝乾清宫迁出去，成为所谓“移宫”案。后来熹宗信用的大宦官魏忠贤借翻这“三案”陷害东林党人，到熹宗死去、弟思宗朱由检即位后才予以平反。这郑贵妃则在思宗崇祯三年(1630)病死，葬在北京郊区明十三陵中穆宗昭陵附近的银泉山。吴伟业是复社成员，以东林党的继承人自居，所以会在改朝换代后给和“三案”多少有所牵连的郑贵妃写上这首诗。写的时日总不出顺治十一年(1654)到十三年(1656)吴伟业在北京这三年，他四十六岁到四十八岁之间。

银泉山下行人稀，青枫月落鱼灯微①。道旁翁仲忽闻语②，火入空坟烧宝衣③。五陵小儿若狐兔④，夜穴红

---

① 鱼灯微：据说秦始皇陵里用人鱼膏点灯，郑贵妃墓里当然不会点这种灯，说“鱼灯微”只是形容墓的冷落。 ② 道：指墓道，即从外边走到墓前的一条路。翁仲：相传秦始皇所铸十二金人叫翁仲，但后来都把墓前石人叫翁仲。忽闻语：石人当然不会说话，但做诗可以加上点神秘色彩。 ③ 火入空坟烧宝衣：唐刘禹锡《汉寿城春望》诗有“火入荒陵化宝衣”的句子，这里借来套用。宝衣：这里指死者入葬时穿的衣服。 ④ 五陵：本指西汉的陵墓，这里借用来指明十三陵。小儿：指不务正业的年轻人，不是指小孩。

墙县官捕①。玉碗珠襦散草间②,云是先朝郑妃墓③。

覆雨翻云四十年④,专房共辇承恩顾⑤。礼数繇来母后殊⑥,至尊错把旁人怒。承直中宫侍宴回⑦,血裹银镮不知数⑧。岂有言辞忤大家⑨,蛾眉薄命将身误。宫人斜畔伯劳啼⑩,声声为怨骊姬诉⑪。尽道昭仪殉夜

---

① 红墙:陵墓的围墙。县官:这里泛指官府。 ② 玉碗:殉葬物中的玉碗。 ③ 先朝:封建社会里称上一个朝代为先朝,也叫前朝。以上第一段,讲郑贵妃的墓。 ④ 覆雨翻云:本指反复无常,这里指郑贵妃的拨弄是非,兴风作浪。四十年:郑贵妃专宠的神宗朝有四十八年(1573—1620),这里举其成数说四十年。 ⑤ 专房:专擅房闱的意思,也就是专宠。辇(niǎn 捻):一种人推挽的车,秦汉后专供皇帝、皇后使用。 ⑥ 礼数:礼节。繇:通"由"。母后:皇后。 ⑦ 承直中宫侍宴:承直中宫本指宫女到皇后处轮直,侍宴本指宫女伺候用餐,但这里指宫女被叫去陪夜,所以下面要说"银镮"。 ⑧ 血裹银镮不知数:据说古代被君主叫去陪夜的妃嫔要在手上套银镮,见《永和宫词》注。血裹银镮,就是说郑贵妃把被叫过去的宫女打得满身是血。据说当时被无辜打死的宫女外加小宦官有上千人之多,所以说"不知数"。 ⑨ 忤(wǔ 五):触犯。大家:本是宫内对帝、后的称呼,这里指这个权宠等同皇后的郑贵妃。 ⑩ 宫人斜:古代埋葬宫女的地方习惯都叫宫人斜。伯劳:鸟名,也叫伯赵,旧称鵙(jú 局),《诗·豳风·七月》有"七月鸣鵙"的说法,《玉台新咏》又有《东飞伯劳歌》,说"东飞伯劳西飞燕";至于吴伟业为什么在这里用"伯劳",则已说不上来。 ⑪ 骊姬:春秋时晋献公后娶的夫人,很受宠,为了想立自己亲生儿子奚齐,在献公面前哭诉,把太子申生害死,其余的公子也都被驱逐出去。

台①,万岁千秋共朝暮。宫车一去不相随②,当时枉信南山锢③。只今云母似平生④,皓齿明眸向谁妒⑤。

选侍陵园亦已荒⑥,移宫事迹更茫茫。两朝台谏孤

---

① 昭仪:妃嫔名称,这里借用来指郑贵妃。殉夜台:指会和神宗葬到一起。夜台就是墓穴的雅称。 ② 宫车一去不相随:宫车本指皇帝在宫里乘用的车子,这里指他死后用来运棺的车子。不相随,是说郑贵妃没有死在神宗生前并和他合葬。 ③ 枉信:错信。南山锢(gù 固):锢是用金属溶液填塞封固。西汉时张释之反对厚葬,说如果坟墓里埋了珍贵的东西,那即使封锢在南山里也会有人来盗掘的。 ④ 只今云母似平生:云母是一种晶体矿物,有玻璃光泽,过去常铺设在富贵人的坟墓里。似平生:说墓里的云母像郑贵妃生前,即像她的明眸(móu 谋)皓齿。这句诗是说郑贵妃的墓被盗掘,所以其中的云母才会被发现。 ⑤ 明眸是明亮的眼珠。以上第二段,从郑贵妃生前的专宠恣肆,讲到身后凄凉连墓都被盗掘。 ⑥ 选侍:明代称被选入宫但未正式给封号的妃嫔为选侍。光宗有两位李选侍,即下文所说的"东西李",这里的选侍指西李,地位本在东李之下,但得宠,以致酿成所谓"移宫"案。熹宗天启四年(1624),这西李还曾被进封为康妃。东李则在天启元年(1621)已进封为庄妃。

忠在①，一月昭阳旧恨长②。总为是非留信史，却怜恩宠异前王。路人尚说东西李③，指点飞花入坏墙④。

【翻译】

夜晚的银泉山下行人稀少，

清冷的月光照着青枫鱼灯光微弱。

忽然听到翁仲在路旁讲话，

讲空坟里着了火烧掉了宝衣。

那五陵小儿狡猾像狐兔，

夜里打洞进入红墙引得县官来拘捕。

玉碗珠襦都已散落在草丛，

---

① 两朝台谏：唐宋以来把御史台掌纠察的御史叫台官，把建言的给事中、谏议大夫等叫谏官，合称为“台谏”。移宫时杨涟是兵科都给事中，左光斗是御史，他们身居光宗、熹宗两朝，所以叫“两朝台谏”。孤忠：指忠心耿耿但得不到支持，如杨涟、左光斗最后被魏忠贤害死即是。 ② 一月昭阳：昭阳，本指皇后居住的地方，光宗只做了一个月皇帝，他宠爱的李选侍就算等于皇后也只是“一月昭阳”。 ③ 路人尚说东西李：吴伟业自注：“二李寝园亦在山下。”案东李是在天启年间魏忠贤等专权时抑郁病死的，西李在《明史·后妃传》只说她“久之始卒”，而清初另一位大诗人王士禛在所撰《池北偶谈》里却说她到康熙十年(1674)才死去，和吴伟业这诗所说矛盾，现已无从核实。 ④ 以上最后一段，捎带讲了曾和郑贵妃勾结的西李选侍。

人们都说这是先朝郑贵妃的坟墓。

这位贵妃她覆雨翻云算来超过了四十年，
专房共辇承受了至尊的恩顾。
讲礼数虽然从来有别于母后，
至尊可老是错怪旁人替她发怒。
去中宫承直侍宴回来，
被打得血裹银镮的不计其数。
可怜这些宫人哪敢在言语上触犯大家，
只好自认蛾眉薄命将身误。
埋葬她们的宫人斜边有伯劳在悲啼，
一声声怨恨骊姬一声声控诉。
都说这位贵妃要伴同至尊到夜台，
千秋万岁朝朝暮暮永远不离开。
谁知道她没有追随至尊的灵车，
但总想她的坟墓会像南山那么深锢。
谁知道如今被盗掘只剩下墓里的云母还像她平生，
她当年的明眸皓齿还能向谁妒。

那位选侍的墓园也已很荒凉，
当年移宫的事情过后已付诸茫茫。
只有那两朝台谏的孤忠长在，

还有那一月昭阳的旧恨绵长。
总要弄清是非留下部信史，
却也怜念恩宠有异于前王。
行人还在讲说东李西李，
指点着那飞花落进墓园坏墙。

读史偶述

这一组题为《读史偶述》的七言绝句，是顺治十一年(1654)到十三年(1656)吴伟业四十六岁到四十八岁之间写下的。当时吴伟业在北京做清政权的官，据所见所闻写了这组绝句。因为诗里没有一味给朝廷歌功颂德说好话，因此改用了《读史偶述》这样的题目，它在《梅村家藏稿》里总共有四十首，刊刻《梅村集》时删剩三十二首，这里则酌选了读起来较有趣味的六首。

其十一

这首诗写清世祖亲临观看射箭比赛，观看时不坐交椅而

蹲在地上，这在吴伟业看来未免有失体统。

柳阴观射试期门①，拨去胡床踞树根②。
徙倚日斜才御辇③，天边草木亦承恩。

【翻译】

柳树荫下看比赛射箭考试期门军，
叫拿掉胡床蹲踞在树根。
流连到太阳西下才坐上御辇，
真是天边的一草一木也承受到了皇恩。

其十六

这首诗讲已故摄政王多尔衮的王府，把当年的盛况和如今的冷落作对比，可参看《杂感》三。

---

① 期门：西汉武帝选长安西北六郡所谓清白人家的良家子组成的皇帝警卫部队，因为要等候在殿内，所以叫"期门"，期就是期待、等候的意思。这里借用来指清世祖的警卫部队。 ② 胡床：折叠椅，东汉末年由西域传进来，所以叫胡床。在这以前汉族传统的坐具和卧具都叫床，至于我们今天用的椅子，则是在北宋时由胡床演变而成的。踞：蹲。 ③ 徙倚：流连不去。御：进用。

松林路转御河行①，寂寂空垣宿鸟惊②。

七载金縢归掌握③，百僚车马会南城④。

【翻译】

转过松林再朝着御河前进，

垣墙里冷冷清清不再有人只让鸟儿受惊。

回想起那七年里大权全归摄政，

百官的车马都得会集到南城。

其十八

这首诗讲北京宣武门外的天主教堂即后来所谓“南堂”，并且讲到了著名的传教士汤若望。

---

① 松林：紫禁城正中是端门，端门东边是阙左门，再东边是松林。御河：即御沟，紫禁城外有护城河，河外即御沟。② 空垣：多尔衮在顺治七年(1650)十二月病死，第二年二月就被加上谋篡等种种罪名，撤销尊号祭享，籍没家产人口，王府无人居住，成为了“空垣”。③ 七载金縢归掌握：金縢见《杂感》三的注。相传周公摄政七年，而多尔衮的摄政王也正巧做了七年，所以这里说“七载金縢归掌握”。④ 南城：在东安门里的靠南边，也叫小南城，明英宗朱祁镇被瓦剌俘虏后被释放回来，已做了皇帝的明代宗朱祁钰让他住在这南城里，清兵进入北京后这里又成了摄政王府。

西洋馆宇逼城阴①,巧历通玄妙匠心②。
异物每邀天一笑③,自鸣钟应自鸣琴④。

【翻译】

西洋式样的房屋贴近了城阴,
这里有精通历法的通玄教师在表现他的匠心。
还有许多新奇的东西能博得皇上欢笑,
自鸣钟声响过又响起那自鸣琴。

---

① 西洋馆宇逼城阴:这个天主教堂即今宣武门外的教堂。在明天启初年本有个首善书院,是东林党人讲学的地方,魏忠贤反东林党人,这个书院被撤销,崇祯时天主教耶稣会传教士德意志人汤若望等借这书院的房子修订历法,这里被改称为历局,以后就被改为教堂,建筑了所谓“西洋馆宇”,在顺治时仍由汤若望主持。城阴,就是城根,城脚下。 ② 通玄:汤若望在顺治时任清政权的钦天监监正,主管天文历法工作,顺治十年(1653)清世祖赐予他“通玄教师”的称号,顺治十三(1656)、十四(1657)两年中清世祖亲临他的住所多至二十四次,对他极其尊信。匠心:工巧的心思。 ③ 天:指清世祖。我国封建社会常称皇帝为“天”,称皇帝讲的话为“天语”。 ④ 自鸣钟:能报时的钟。自鸣琴:即今天的风琴。这些都是从欧洲带来的,在当时算是新奇的东西,有些经汤若望等人进献给皇帝。

其二十一

这首诗讲北京前门即正阳门外的旧货古玩摊，并捎带讲了王府里把旧漆器瓷器发卖的事情。

布棚摊子满前门，旧物官窑无一存①。
王府近来新发出②，剔红香盒豆青盆③。

【翻译】

撑起布棚摆开摊子一个个排列在前门，
可摊子上官窑之类的旧物已不见留存。
很多都是近来王府里出售的东西，
有剔红的香盒还有那豆青色的瓷盆。

其二十二

这首诗讲清初满洲贵族死后的一种习俗，即将生前的器

---

① 官窑：指宋代宫廷设置的瓷窑，北宋南宋都有，产品成为我国古代的名瓷。 ② 王府：指清初的王府，但当时王府不止一个，这里指哪个已无从考查。 ③ 剔红香盒：是明代制造的名贵漆器。剔红是制作的一种技术，见《宣宗御用戗金蟋蟀盆歌》注。豆青盆：豆青色的瓷盆，应当也是明代制品。

物、马匹等都烧掉，想让死者在另一个世界里继续使用。这种习俗在乌桓、契丹、蒙古等少数民族中也曾存在，契丹、蒙古称之为“烧饭”。清世祖死后也烧过生前的宝器、驼马、仪仗，叫“小丢纸”、“大丢纸”。这诗则是讲大将死后的这种做法。

大将祁连起北邙①，黄肠不虑发丘郎②。
平生赐物都燔尽③，千里名驹衣火光④。

【翻译】

大将的冢墓像祁连山那样营建在北邙，
墓里安的黄肠可不再怕盗墓发丘郎。
因为他平生拥有的御赐珍物都已烧尽，
连他骑过的千里名驹都付诸火光。

---

① 祁连：西汉大将霍去病死后，汉武帝为他营建坟墓象征祁连山，因为他当年打匈奴曾在那里立了大功。 ② 黄肠：汉代显贵者用黄心的柏木砌在棺外作保护，叫黄肠。发丘郎：东汉末陈琳代袁绍写讨伐曹操的檄文，其中说曹操特置发丘中郎将、摸金校尉来掘墓盗取财物，后人就把“发丘中郎”来指盗掘坟墓的人。 ③ 燔（fán 凡）：焚烧。 ④ 名驹衣火光：驹本指少壮的骏马，后来也用来泛指好马。衣火光的典故见《史记·滑稽列传》，说楚庄王的爱马死了，要厚葬，优孟劝他以“六畜葬之……衣以火光，葬于人腹肠”。这里是借用。

其三十

这首诗讲清世祖喜欢不用大批护卫跟随而随便跑出紫禁城，这种行动就是所谓“微行”，即微服出行。

兰池落日马蹄惊①，鱼服挥鞭过柳城②。

十万羽林空夜直③，无人揽辔谏微行④。

【翻译】

夕阳西下兰池地方马蹄惊，

皇上鱼服挥动马鞭过柳城。

十万羽林空自在夜直，

没有人去拉住马劝谏不要微行。

---

① 兰池：地名，秦始皇曾微行咸阳，逢盗于兰池。 ② 鱼服：《说苑·正谏》说，过去有条白龙到清泠之渊变化成鱼，被渔者豫且射中其目。后人就用“鱼服”或“白龙鱼服”作为贵人微行的典故。柳城：即西汉文帝时将军周亚夫驻守的细柳，见《宣宗御用戗金蟋蟀盆歌》注，这里因为要押韵，改写成“柳城”。 ③ 羽林：西汉时宿卫之官的名称，取其如羽箭之疾，如树林之多；又唐代前期警卫宫廷的军队也曾叫羽林军，后来就把宫廷警卫部队通称为“羽林”。 ④ 揽辔(pèi 配)：辔是驾驭牲口的缰绳，揽辔就是拉住马。

即 事

这是一组以时事为题材的七言律诗，题目《即事》，就是根据时事吟写的意思。全诗一共有十首，所讲的事情最早发生在顺治九年(1652)，最迟发生在顺治十三年(1656)，应是吴伟业四十六岁到四十八岁在北京清政权任职时写的，很可能是知道什么事情就写什么，最后凑成这十首，并非等到十三年才一起动笔。这些诗虽然不便公开反对清政权，但也确实没有给它说多少好话，不同于御用文人歌功颂德的作品。这里所选译的四首，都是比较容易引起兴趣的。

其一

这首诗写宫廷和政府的新闻，其中如重设内监并非好事情，诗中偏要写出来，可见确无歌颂清政权之心。

夹城朝日渐台风①，玉树青葱起桂宫②。
谒者北衙新掌节③，郎官西府旧乘骢④。

---

① 夹城：是唐玄宗时从大明宫修筑到兴庆宫的复道，后来又延伸到长安城东南角的曲江芙蓉苑。渐台：是西汉未央宫里筑的高台，四边有池水环绕。这里都借用来泛指大内即紫禁城内的建筑。 ② 玉树青葱起桂宫：吴伟业自注："时乾清宫成。"乾清宫是明清两代大内内院的中心建筑，皇帝居住的地方，顺治十年(1653)重新建成。玉树指大内里边种植的高贵的树木。青葱指树木青翠茂盛，葱本是青绿色的意思。桂宫，陈后主为宠妃张丽华建造过桂宫，这里指乾清宫。 ③ 谒者北衙新掌节：吴伟业自注："初设内监。"这也是顺治十年的事情，当时恢复明朝的办法，设宦官办事的内十三衙门。谒者，先秦时就设置的官职，给国君传达事情，这里借用来指宦官。北衙，即北司，唐代称宦官的机构为北司，这里因调平仄，把仄声的"司"字换成平声的"衙"字。节，指符节，权力的代表，掌节就是掌权。 ④ 郎官西府旧乘骢：吴伟业自注："科选部郎为巡方。"部郎即郎官，本指吏、户、礼、兵、刑、工六部里的郎中及员外郎，这里指更低一级的主事，顺治中曾选用他们以监察御史的官衔巡按各省，事毕回京，叫巡方，后来没有继续这么做。西府即西台，唐宋时曾称御史的衙门御史台为西台，这里因为要调平仄，所以把平声的"台"字改成仄声的"府"字。

叔孙礼在终应复①,萧相功成固不同②。

百战可怜诸将帅,几人高会未央中③。

【翻译】

朝阳照耀夹城渐台也吹起微风,

青葱的树丛中重新盖起乾清宫。

宦官在北衙新掌符节,

部郎出西台仍骑玉骢。

叔孙通制订的礼仪终应恢复,

萧相国建立的功业固自不同。

可怜那些身经百战的将领,

有几个能参与高会在未央宫中。

---

① 叔孙礼在终应复:叔孙是叔孙通,秦汉时儒生,曾为汉高祖制定朝仪。这句诗是说清人刚入关后一切都很简略,但终究要恢复汉族政权传统的礼仪。 ② 萧相功成固不同:萧相是汉高祖的相国萧何,汉高祖认为有战功的武将们像捕兽的猎狗,只是"功狗";萧何指示他们行动才是"功人",因此给萧何封的食邑最多。这句诗像是说当时文臣们在朝廷上的地位已渐提高。 ③ 百战可怜……未央中:这两句像是说武将们的地位已渐降低而不如文臣。未央,即西汉的未央宫,借用来指当时紫禁城里的宫殿。高会,就是大宴会。

其四

这首诗写陈之遴被贬谪发往关外的事情，当时山海关外人烟稀少，是谁也不愿去的苦地方。

列卿严谴赴三韩①，贳酒悲歌行路难②。
妻子几随关外去③，都人争拥路旁看。
乐浪有吏崔亭伯④，辽海无家管幼安⑤。

① 列卿严谴：列卿指吴伟业的儿女亲家陈之遴，陈本是明朝的进士，降清后官至弘文院大学士即宰相。卿在春秋时本是天子诸侯手下最高的官员，所以可称宰相为列卿。顺治十三年(1656)三月有人弹劾陈结党营私，被世祖诘责，以原官发往沈阳闲住，所以诗里用“严谴”。三韩：本指汉代在朝鲜半岛南部的马韩、辰韩、弁韩三国，后来就用“三韩”作为朝鲜的代称，这里更借用来泛指东北边远地区，在清初是流放人的地方。
② 贳(shì世)：赊欠。行路难：古代有《行路难》的歌曲。
③ 妻子几随关外去：陈之遴这次带了一个小儿子去沈阳。
④ 乐(lè)浪有吏崔亭伯：崔骃(yīn因)字亭伯，东汉和帝时跟随窦宪出击匈奴，窦宪不喜欢他，让他去做乐浪郡长岑县的县长，他没有到任就回家了。这里把陈之遴来比崔骃。乐浪郡是西汉时在朝鲜半岛设置的四郡之一，治所在今朝鲜平壤南。⑤ 辽海无家管幼安：管宁字幼安，东汉末在辽东隐居三十多年，文帝、明帝先后征他做官都不就。这里也把陈之遴来比管宁。

尽说日南多瘴疠[1]，如君绝域是流官[2]。

【翻译】

列卿受到严谴被发往三韩，
赊了酒慷慨悲歌那行路难。
妻、子们有几个能随同去关外，
京城里许多人争看在路边。
好似到乐浪做官的崔亭伯，
又像在辽海无家的管幼安。
都说日南地方多有瘴疠，
您此去绝域真等于做了流官。

其六

这首诗反对清政权对南方用兵，说京师邻近仍不安静，怎能出大军远征。

---

① 日南：日南是西汉在南边设置的郡，辖境约当今越南中部，北起横山，南抵大岭地区，后成为古代流放人的地方。瘴疠（lì 厉）：瘴气。 ② 绝域：极边远的地方。流官：本指明清时在西南少数民族地区设置的地方官，这里说陈之遴以原官住沈阳等于去做这种流官。

西山盗贼尚纵横①，白昼畿南桴鼓鸣②。

谁道尽提龙武将③，翻教远过阖闾城④。

军需苦给嫖姚骑⑤，节制难逢仆射营⑥。

斥堠但严三辅靖⑦，愿销兵甲罢长征。

【翻译】

盗贼在西山里还任意纵横，

大白天京城南边桴鼓也鸣。

---

① 西山盗贼：杜甫《登楼》有“西山寇盗莫相侵”的句子，这里“西山盗贼”则是指顺治十一年盘据在真定（今河北正定）西山以高三为首的武装力量，清政权曾发兵进剿，后招降。 ② 畿南：畿指京城所管辖的地区，畿南指北京南边。桴（fú 扶）鼓：桴是鼓槌，桴鼓则指战鼓。 ③ 龙武将：唐玄宗时把担任禁卫的左右羽林军所属左右万骑营扩编成左右龙武军。这里借用来指当时的满洲八旗兵，龙武将就指满洲八旗将领。 ④ 阖闾（hé lǘ 河驴）城：阖闾是春秋后期吴国国王，他在今江苏苏州筑了个大城叫阖闾城，后人就把阖闾城作为苏州城的雅称。 ⑤ 军需：军队所需要的各种物资。嫖（piào 票）姚骑：嫖姚是勇健轻捷，满人多用骑兵，所以称之为“嫖姚骑”。 ⑥ 节制：这里是有纪律有约束的意思，多用于指军队。仆射（yè 夜）营：杜甫《新安吏》说“仆射如父兄”，这仆射指郭子仪，因为郭子仪当时有尚书左仆射的官衔。 ⑦ 斥堠（hòu 后）：也写作“斥候”，军事用语，侦察、候望的意思。三辅：见《松山哀》注，这里指北京四周邻近地区。

谁知尽派龙武军将，

却叫远过阖闾故城。

供军需苦难应付嫖姚骑士，

论纪律不易碰上仆射军营。

但求严于斥堠让三辅平静，

也希望消除兵甲停罢长征。

其九

这首诗写洪承畴，讲他在顺治十年(1653)以大学士兵部尚书出任湖广、广东、广西、云南、贵州五省经略进攻明永历政权的无耻行径，可和七言古诗《松山哀》参看。

秋尽黄陵对落晖①，长沙西去不能归②。

甘宁旧垒潮初落③，陶侃新营树几围④。

---

① 黄陵：指黄陵庙，在湖广省长沙府湘阴县(今湖南湘阴)北，祭祀所谓舜的两位后妃。 ② 长沙西去：洪承畴任五省经略，留驻在长沙府城指挥，从北京看长沙是在西南，所以说“西去”。 ③ 甘宁旧垒：长沙府益阳县(今湖南益阳)南有三国吴将甘宁的旧军垒。 ④ 陶侃新营：陶侃是东晋的大臣，长期镇守武昌(今湖北武汉市)，本不在长沙，但他曾被封为长沙郡公，所以这里可说“陶侃新营”。树几围：陶侃镇武昌时曾叫各营种植柳树。

五岭烽烟城郭改①，三湘征调吏人稀②。

老臣裹革平生志③，往事伤心尚铁衣④。

【翻译】

晚秋的黄陵古庙对着落日余晖，

西去长沙经略不能返归。

这里有甘宁的旧垒潮水初落，

这里有陶侃的新营种柳几围。

五岭几经烽火城郭尽改，

三湘不堪征调吏民渐稀。

马革裹尸本是老臣平生的志愿，

往事尽管伤心如今仍披上铁衣。

---

① 五岭：越岭、都庞、萌渚、骑田、大庾五岭的总称，在今湖南、广东、广西等省区的边境。 ② 三湘：有两种说法。一种说法是湘水发源与漓水合流后称漓湘，中游与潇水合流后称潇湘，下游与蒸水合流后称蒸湘，总名“三湘”。再一种说法是湘水为下湘，湘潭为中湘，湘阴为上湘，合称“三湘”。但都用来泛指今湖南省。 ③ 裹革：东汉初名将马援说过“男儿要当死于边野，以马革裹尸还葬耳”的话。 ④ 往事：指明崇祯十四年(1641)洪承畴指挥明兵十三万在松山被围战败，十五年(1642)被擒降清的往事。尚铁衣：指这时洪承畴又担任进攻南明永历政权的经略，铁衣就是铁制的铠甲。

悲歌赠吴季子

这是一首为吴兆骞写的七言古诗。吴兆骞字汉槎，江南省苏州府吴江县人①，顺治十四年(1657)江南乡试，他考中了举人，但第二年被人告发这次主持考试的主考、副主考等有舞弊行为，结果所有考官都被处死，考中的举人都得在北京重考，没有考好被认为有问题的吴兆骞等八人各被责打四十板，籍没家产，全家流放到今黑龙江宁安县西的宁古塔，那里当时是极其荒凉、极难生活的地方。吴兆骞本来很会做诗做文章，这次重考时因每个举人身边派两名满洲

① 江南省苏州府吴江县：今江苏吴江。

军人手持大刀监视着，他太紧张才考坏了，这对他来说自然是冤狱，所以吴伟业写了这首诗为他鸣不平。吴伟业在顺治十四年(1657)二月已因嗣母张氏去世丁忧回太仓，吴兆骞等流放是在顺治十五年(1658)十一月，消息传到太仓还得一些日子，吴伟业写这首诗应在顺治十六年(1659)初，他已五十一岁。

人生千里与万里，黯然消魂别而已①。君独何为至于此，山非山兮水非水，生非生兮死非死②。

十三学经并学史③，生在江南长纨绮④。词赋翩翩

① 黯(àn 暗)然消魂别而已：南朝梁江淹《别赋》说“黯然消魂者，惟别而已矣”，为吴伟业所套用。黯，心神沮丧貌。
② 以上第一段，以悲痛吴兆骞的大不幸作为全篇开端。
③ 十三学经并学史：十三是十三岁。这句说吴兆骞从小就对“十三经”、“二十一史”下了功夫，很有学问，并非真在十三岁时。 ④ 长：生长。纨绮(wán qǐ 玩起)：纨本是细绢，绮本是有花纹的丝织品，这里纨绮连用是指穿着纨绮衣服的人家，即富贵人家。

众莫比①,白璧青蝇见排抵②。一朝束缚去,上书难自理③,绝塞千山断行李④。送吏泪不止,流人复何倚?彼尚愁不归,我行定已矣⑤!

八月龙沙雪花起⑥,橐驼垂腰马没耳⑦。白骨皑皑经战垒⑧,黑河无船渡者几⑨?前忧猛虎后苍兕⑩,土穴

① 翩(piān 篇)翩:形容风致文采的优美。② 白璧青蝇:白璧是洁白的上等璧玉,比作品行端正的君子;青蝇是苍蝇的一种,比作进谗言的小人。唐陈子昂《宴胡楚真禁所》诗说:"青蝇一相点,白璧遂成冤。"就是说由于小人谗言使君子受了冤屈。排抵:排斥,排挤。③ 理:申理,申诉。④ 行李:也写作"行理",本指使者,后来也用来泛指行旅,通常又指旅行所携带的箱笼等为行李。这里则应解释为行旅。⑤ 已矣:完了,没有指望了。以上第二段,从吴兆骞之受冤屈讲到这次流放将永无生还之理。但事实上吴兆骞在宁古塔生活二十三年后,依靠有权势者帮他说话,替他出赎金,在康熙二十年(1681)竟返回了故乡,只是吴伟业已在康熙十年(1671)去世,看不到了。⑥ 龙沙:本指西域的白龙堆沙漠,后借用来泛指塞外沙漠之地。山海关外的东北地区其实并无沙漠,诗里这么说只是形容其荒凉而已。⑦ 橐(tuó 沱)驼:骆驼。⑧ 皑(ái 挨)皑:洁白貌,本多用来形容霜雪。⑨ 黑河:今辽宁兴城西有黑水河。⑩ 兕(sì 四):古代犀牛一类的兽。清初东北并无此兽,这里仅是用来极言那里的荒野可怕。

偷生若蝼蚁①。大鱼如山不见尾，张鬐为风沫为雨②。日月倒行入海底，白昼相逢半人鬼③。

噫嘻乎悲哉④！生男聪明慎勿喜，仓颉夜哭良有以⑤。受患只从读书始，君不见，吴季子⑥。

【翻译】

人生行路千里复万里，

叫人黯然销魂的只有离别而已。

您怎么弄到这样的地步，

弄得山不是山啊水不是水，

生不是生啊死不是死。

---

① 蝼(lóu 楼)：蝼蛄，一种有害农作物的昆虫，这里“蝼蚁”连称则是比喻弱小卑微而已。 ② 大鱼如山……沫为雨：这种大鱼当然是鲸鱼，但这要出海才有可能看到，这里也仅是用来说东北的荒野可怕。鬐(qí 其)：这里是指鱼脊。沫(mò 末)：唾沫。 ③ 日月倒行……半人鬼：这些当然也是不可能出现的，只是用来极言荒野可怕。以上第三段，讲到去宁古塔一路上如何可怕。 ④ 噫(yī 衣)：感叹声，犹“唉”。嘻(xī 西)：表示惊惧的叹声。 ⑤ 仓颉夜哭：相传仓颉创制文字，鬼为之夜哭，这当然是神话。良有以：确实有道理。

⑥ 吴季子：本指春秋时吴国的名人季札，这里借用来指吴兆骞，因为吴兆骞上面还有两个哥哥，他是老三，我国古代兄弟中排行居次或最幼的都叫做“季子”。以上最后一段，再一次为吴兆骞、并进而为读书人悲叹。

您年方十三就学遍了经史，
您出生在江南长育在纨绮。
您词赋翩翩人们都无法相比，
可白璧招来青蝇受到了排挤。
一旦被捆绑押走，
上书也难于申理，
塞外边远那千山丛中很少有行旅。
连押送的吏役都流泪不止，
被流放的人还有什么可凭倚？
吏役还怕不能回去，
我这次肯定已矣！

可怕的是八月里龙沙堆上雪花起，
冻得骆驼垂腰马搭耳。
经过战垒是皑皑的白骨，
黑水河里没有船渡过者有几？
前头怕遇上猛虎后面怕来苍兕，
在土穴里偷生好比蝼蚁。
还有那山样的大鱼不见尾，
张鬐成风吐沫为雨。
日月倒行沉入了海底，

白昼所见半数是人半是鬼。

噫嘻乎悲哉！

生了聪明的男孩切莫太欢喜，

仓颉造字鬼要夜哭哭得有道理。

吃苦遭灾只从读书开始，

君不见，我们这位吴季子！

咏拙政园山茶花并引

这是一首题为《咏拙政园山茶花》实系怀念陈之遴的七言古诗。陈之遴是吴伟业的儿女亲家,吴伟业的二女儿是陈之遴的儿媳妇,所以陈之遴在顺治十三年(1656)三月被严谴发往沈阳闲住时,吴伟业就为他写过一首七言律诗,即《即事》四的那一首。陈之遴在沈阳只住了半年多就被召回,编入八旗,但到了顺治十五年(1658)四月又以结交宦官吴良辅获罪,被削夺官职,和妻儿一起流放到今辽宁开原东四十里的尚阳堡。这首诗自是写在陈之遴流放以后,诗里所说“园中昨夜零霜雪”的“零霜雪”就是指陈被流放,说“昨夜”可见写这诗离流放为时不远。再从诗中所说“杨柳丝丝二月天,玉门关外无芳草”来看,它应写于流放的第二年即顺治十六年(1659)二月里,这时吴伟业五十一岁。吴伟业大概这时有事去苏州,重游了这所曾为陈之遴拥有的名园——拙政园,于是借题发挥写了这首为人们传颂的长诗。诗前并写有《小引》,这里也一并作注译。

拙政园①,故大弘寺基也②。其地林木绝胜,有御史王某者侵之以广其居③。后归徐氏最久。兵兴④,为镇将所据⑤,已而海昌陈相国得之⑥。内有宝珠山茶三四

① 拙政园:如今仍在苏州市区偏东北处。苏州以园林艺术著称,宋元明清都有其代表作保存下来,这拙政园就是明代园林代表作,清以来虽经多次整修,太平天国时并曾作过李秀成的忠王府,但基本面貌并未改变。关于它的来历和沿革,详见本《小引》、本诗以及有关的注。 ② 大弘寺:建立于元大德年间,元末已被火焚毁废。 ③ 御史王某:名献臣,明嘉靖时到苏州任南直隶巡按,罢官后留居,侵占寺基筑拙政园。 ④ 兵兴:战争发生,这里指清兵南下。 ⑤ 为镇将所据:成为满洲的驻防将军府。 ⑥ 海昌陈相国:陈之遴是浙江海宁人,三国时吴在此地设置海昌都尉,所以海昌成为海宁的别称。陈任弘文院大学士,是宰相,可称相国。

株，交柯合理①，得势争高②。每花时巨丽鲜妍，纷披照瞩③，为江南所仅见。相国自买此园，在政地十年不归④，再经谴谪辽海，此花从未寓目⑤。余偶过太息，为作此诗，他日午桥独乐，定有酬唱以示看花君子也⑥。

拙政园内山茶花，一株两株枝交加。艳如天孙织云锦⑦，赪如姹女烧丹砂⑧。吐如珊瑚缀火齐⑨，映如螮蝀

---

① 交柯合理：交柯是枝叶交加，合理是连理，即枝干连生在一起，总的指枝叶茂密。② 得势争高：指山茶树长得高且有气势。③ 纷披：纷繁杂沓，也就是茂密的意思。照：照耀眼目。瞩（zhǔ 主）：令人注目。④ 政地：施大政之地，即宰相任上。⑤ 寓目：寓是寄住，寓目就是进入眼睛，即看到。⑥ 他日午桥独乐……看花君子：唐宰相裴度晚年为东都留守，在午桥营建别墅绿野堂，北宋宰相司马光晚年也在洛阳营建独乐园。这两句话是希望陈之遴能被赦入关，回到拙政园和亲友赋诗唱和欢度晚年。但陈之遴后病死在尚阳堡，吴伟业这个愿望未能实现。⑦ 天孙织云锦：天孙就是天上的织女星，人们说她是天帝的孙女，所以叫她天孙。织云锦，是说她能织美丽的像云霞那样的彩锦。⑧ 赪（chēng 称）：赤色，大红色。姹（chà 诧）女：姹本是美丽，姹女本指少女，但道教又称所炼的丹汞即水银为姹女，这里即指水银。丹砂：即辰砂，也叫朱砂。⑨ 吐：指花开出来。缀（zhuì 坠）：连结。火齐（jì 记）：黄赤如金的宝石。

凌朝霞①。百年前是空王宅②，宝珠色相生光华③。长养端资鬼神力④，优昙涌现西流沙⑤。

歌台舞榭从何起，当日豪家擅闾里⑥。苦夺精蓝为玩花⑦，旋抛先业随流水。儿郎纵博赌名园，一掷流传犹在耳⑧。后人修筑改池台，石梁路转苍苔履。曲槛奇花拂画楼，楼上朱颜娇莫比⑨。千条绛蜡照铅华⑩，十丈红

---

① 螮蝀(dì dōng 帝东)：虹。凌：相犯，交错。 ② 空王宅：佛经中说佛为万法之王，又叫空王，空王宅就是佛教的寺院。 ③ 宝珠色相生光华：这宝珠是指佛像上的宝珠。这句诗说园里山茶花都是由佛寺的宝珠光华所幻化。色相(xiàng 象)，也是佛教名词，指事物的形状外貌。 ④ 长(zhǎng 掌)养：生长养育。端资：完全依靠。 ⑤ 优昙(tán 潭)：优昙钵花，佛经上说转轮王出世这花才生。西流沙：从陆路西去印度佛国要经过新疆的大沙漠，所以人们把西流沙作为佛国的代称。以上第一段，赞美拙政园内山茶花的艳丽，更从园基原是佛寺这点，说花之所以艳丽是依仗了佛力。 ⑥ 闾(lǘ 驴)里：闾本是里巷的大门，闾里就是乡里、邻里。 ⑦ 精蓝：精是精舍，佛教徒居住讲学之所；蓝是伽(qié 茄)蓝，佛教寺院。精蓝合称也就是寺院。 ⑧ 旋抛先业……犹在耳：这是讲王献臣的儿子因赌博输掉了拙政园，园归于徐姓的事情。先业，是先人的产业。一掷，指赌博的掷骰(tóu 投)子的一掷。 ⑨ 楼上朱颜：有人说明代末年钱谦益和他的爱妾柳如是在拙政园住过，这楼上朱颜就是指柳如是。 ⑩ 绛蜡：绛是红色，绛蜡就是蜡烛，我国古代用植物油做的蜡烛一般都呈红色。铅华：本是妇女擦脸化妆用的铅粉，这里代指美女。

墙饰罗绮。斗尽风流富管弦，更谁瞥眼闲桃李①。齐女门边战鼓声②，入门便作将军垒③。荆棘从填马矢高④，斧斤勿剪莺簧喜⑤。

近年此地归相公⑥，相公劳苦承明宫⑦。真宰阳和暗回斡⑧，长安日日披熏风⑨。花留金谷迟难落⑩，花到

① 更谁瞥（piē 撇）眼闲桃李：这句诗是说住在园里的人沉溺于女色音乐，没有人去欣赏开在园里的桃花、李花。瞥，就是眼光掠过一下，匆匆一看的意思。 ② 齐女门边战鼓声：这是指清兵进入苏州。齐女门就是齐门，苏州的城门。 ③ 入门便作将军垒：就是《小引》中所说“为镇将所据”，即成为驻防将军府。 ④ 马矢：马粪。 ⑤ 斧斤勿剪莺簧喜：斧斤勿剪是说园里的树木无人修剪，因而在树上生活的黄莺不受干扰，鸣叫的声音也带着喜悦。莺簧就是黄莺鸣叫声，因为黄莺叫声像笙簧一样悦耳，所以称之为“莺簧”。以上第二段，讲拙政园的经历。 ⑥ 相公：指宰相陈之遴。古代凡拜相的必封公，所以称宰相为“相公”，以后虽不同时封公，但仍习惯地用“相公”来称宰相。 ⑦ 承明宫：汉魏时皇宫里有承明庐、承明门，这里用承明宫只是泛指皇帝和宰相议政之处。 ⑧ 真宰阳和暗回斡（wò 卧）：古人认为宰相的职责是调理阴阳，所以这里把“真宰阳和暗回斡”作为宰相陈之遴的业绩。真宰，就是宇宙的主宰。阳和，就是阳春和煦之气。回斡，就是斡旋，扭转。 ⑨ 长安：这里指北京。披：披拂，吹拂。熏风：和风。 ⑩ 金谷：西晋时以显贵豪富著称的石崇建造过金谷园，这里借用来泛指名园。

朱门分外红①。独有君恩归未得，百花深锁月明中②。

灌花老人向前说，园中昨夜零霜雪③。黄沙淅淅动人愁④，碧树垂垂为谁发。可怜塞上燕支山⑤，染花不就花枝殷⑥。江城作花颜色好⑦，杜鹃啼血何斑斑。花开连理古来少，并蒂同心不相保⑧。名花珍异惜如珠，满地飘残胡不扫？杨柳丝丝二月天，玉门关外无芳草⑨。纵费东君着意吹⑩，忍经吹折春光老⑪。

看花不语泪沾衣，惆怅花间燕子飞。折取一枝还供

---

① 朱门：显贵者的住宅，因为宅门多漆成红色，所以称之为“朱门”。 ② 以上第三段，讲拙政园为陈之遴所有，但一直未能亲自前往游观。 ③ 园中昨夜零霜雪：指园主人陈之遴失势，流放到关外尚阳堡。 ④ 黄沙：指关外的风沙。淅（xī息）淅：风沙吹动声。 ⑤ 燕（yān烟）支山：也称焉支山、胭脂山，在今甘肃永昌西，山丹东南。古人说这里产红蓝可为妇女化妆用的胭脂，匈奴曾唱过“失我焉支山，使我妇女无颜色”的歌。 ⑥ 不就：不成功。殷（yān烟）：赤黑色。 ⑦ 江城：近长江的城市，此指苏州。 ⑧ 并蒂同心：本指花的并蒂同心，这里同时又指人，是双关用语。 ⑨ 玉门关：西汉武帝设置，在今甘肃敦煌西北，走北道去西域必通过此关，宋以后中西陆路交通逐渐衰落，玉门关也随之废坏。这里说“玉门关外”只是泛指塞外。 ⑩ 东君：战国时楚人称日神为东君。 ⑪ 以上第四段，写陈之遴流放后的拙政园和山茶花。

佛，征人消息几时归[1]？

【翻译】

拙政园，本是大弘寺的寺基。这里林木幽雅，有个御史姓王的侵占了来扩大他的住宅，后来归于徐家历时最久。兵兴后被镇将所据有。不久又为海昌陈相国获得。园里有宝珠山茶三四株，交枝连理，得势争高。每当花开时花朵既硕大又鲜丽，繁密耀目，为江南地方所绝无仅有。但相国自买到这园，在任上十年不能返回，以后又两度被流放辽海，这山茶花竟从未寓目。我偶而经过，不胜叹息，写了这首诗。将来相国把这里作为午桥独乐之处，肯定会有唱和的诗篇让来赏花的君子看。

拙政园里面种着山茶花，
山茶花一株两株枝叶相交加。
它艳丽得像天孙织出的云锦，
它赤红得像姹女烧成的丹砂。
它开放时像珊瑚连接着火齐，
它映照时像蟒蛛交错着朝霞。

---

① 以上最后一段，期望陈之遴能归来。“折取一枝还供佛”句，还和开头说山茶花由佛力长养相呼应。

百年以前这里是空王宅，
宝珠的色相生出山茶的光华。
山茶花的生长养育全靠鬼神之力，
好比优昙花涌现在西方流沙。

这里的歌台舞榭从何时盖起，
当年有豪家可操纵闾里。
为了玩花硬把精舍伽蓝抢了过来，
可不多久儿郎又抛弃先业视同流水。
放手豪赌押上这名园，
一掷输去往事流传犹在耳。
后人修筑又改造过池台，
转过石梁一片苍苔好步履。
曲槛护着奇花花梢拂画楼，
楼上住着的朱颜娇丽谁也不能比。
上千条的绛蜡照耀着铅华，
成十丈的红墙装饰着罗绮。
斗尽了风流奏尽了管弦，
还有谁去看一眼那闲桃李。
再后是齐女门边响起了战鼓声，
进了门就把这名园变成了将军垒。
荆棘丛中填得马粪高，

斧斤不剪听那莺簧喜。

近些年这园卖给了相公，
可相公得辛劳在承明宫。
要使真宰阳和暗地里回斡，
要让长安天天吹拂着熏风。
花留在名园中迟迟难落，
花开到朱门里分外鲜红。
只是为了报答君恩归来不得，
让百花深锁在月明之中。

灌花的老人上前对我说，
园里昨夜霜雪飘零。
黄沙淅淅使人忧愁，
碧树垂垂为谁抽发。
最可怜是边塞外的燕支山，
山上的胭脂染花不成光使花枝殷。
这边江城的花开得倒是色彩美好。
只是像染过杜鹃的啼血尽是点点斑斑。
花要开成连理从来就稀少，
并蒂也好同心也好总是难相保。
珍异的名花本被爱惜如明珠，

可这时满地飘残怎不好好打扫。
杨柳丝丝地已是二月天气，
可玉门关外哪有芳草。
纵使叫东君用心吹拂，
可忍心经受摧折使春光变老。

看了花讲不出话只有眼泪沾衣，
惆怅地看那繁花中燕子在穿飞。
折枝山茶回去供佛，
试问出塞的人有无消息几时能归？

过中峰礼苍公塔

这是悼念高僧苍雪的五言律诗，一共写了四首，这里选译二首。苍雪俗姓赵，出家后用的法名叫读彻，苍雪是他的字。他原籍云南，长期留苏州支硎山住持中峰寺①，在明清间禅宗大师中有很高的地位。而且他还长于做诗，吴伟业写的《梅村诗话》里就记载了顺治九年(1652)他去太仓看吴伟业并谈诗的事情。以后吴伟业去了北京，顺治十三年(1656)他在中峰寺逝世。顺治十四年(1657)吴伟业回家乡后，曾到中峰寺礼拜他的骨灰塔，写了这首悼念的诗，这大约

① 硎(xíng 刑)。

是顺治十六年(1659)春天的事情,和《咏拙政园山茶花》的写作是同一个时间,当时吴伟业五十一岁。

这一组诗的命意都差不多,因此不再分别作提示。

其二

明月心常湛①,寒泉性不枯。
鸟啼香积散②,花落影堂孤③。
道在宁来去④,名高定有无⑤。
凄凉看笔冢⑥,遗墨满江湖⑦。

【翻译】

明月就像大师的心地常湛,

---

① 湛(zhàn 战):澄清。 ② 香积:香积厨,佛教寺院的厨房。 ③ 影堂:佛教寺院里安放祖师遗像的地方。 ④ 来去:这里指生死,生是来,死是去。 ⑤ 有无:指佛教理论上"有"、"无"的研讨。 ⑥ 笔冢:唐僧怀素擅草书,曾写坏了大量毛笔,堆积起来埋在山下,称之为笔冢。这里是说苍雪写诗写坏了许多笔要埋笔冢。 ⑦ 墨:墨迹,这里指苍雪手写的诗稿。

寒泉就像大师的性情不枯。
鸟啼才从香积飞散,
花落显得影堂形孤。
道恒存在怎管他是生是死,
名已崇高是由于谈有论无。
最凄凉是见到当年的笔冢,
可喜的是留下的诗稿已传遍江湖。

其三

慧业谁能继①,宗风绝可哀②。
昔人存马癖③,近代薄诗才④。
鹿走谈经苑,鸦飞说法台。
空悬竹如意⑤,落日讲堂开⑥。

---

① 慧业:指佛学。 ② 宗风:某一宗派特有的风格,多用于佛教禅宗的各宗派。 ③ 马癖:东晋时高僧支遁喜欢养马,说是“重其神骏”。 ④ 薄:轻视。 ⑤ 竹如意:如意,本是搔背用的东西,多用竹制,也有铁制、玉制的,有一根长柄,柄头上弯下去,即今之所谓“老头乐”,东晋南北朝时僧徒讲经说法时也常拿着它。至于宋以后具有灵芝头的如意,则已成有名无实的陈设品了。 ⑥ 讲堂开:讲堂是佛寺讲经说法之处,开是说它长年开着不被使用,有后继无人之叹。

【翻译】

想起大师的慧业谁能够承继，

想起大师的宗风也引动悲哀。

从前有人会养马成癖，

如今时代却轻薄诗才。

麋鹿行走在谈经苑囿，

乌鸦飞集到说法高台。

空自悬挂着当年用过的竹如意，

落日斜照之下只见讲堂洞开。

白燕吟并引

这是一首为友人单恂写的七言古诗。单恂是明南京松江府华亭县人[①]，当时的华亭县治就在府城内，东门外有同为华亭人的明初大诗人袁凯的坟墓，单恂就在墓旁筑了个白燕庵，因为袁凯诗中最有名的是题为《白燕》的七言律诗。袁凯在洪武年间是颇受明太祖迫害的。而顺治十六年(1659)夏秋间，郑成功的反清大军从长江口打到南京城下，江南士大夫颇多响应，郑失败退走，清政权追究责任，捕杀多人，叫“海上之狱”，单恂也几乎被牵连进去。因此吴伟业写这

① 明南京松江府华亭县：即今上海市松江区。

首《白燕吟》是既吟燕，又叹单恂，对他的遭遇寄予深切同情。诗写于顺治十六年“海上之狱”发生以后，这年吴伟业五十一岁。诗前有序，这里也一并注译。

云间白燕庵[①]，袁海叟丙舍在焉[②]。吾友单狷庵隐居其旁[③]，鸿飞冥冥，为弋者所篡[④]，故作此吟以赠之。余年二十余，遇狷庵于陈征君西佘山馆[⑤]，有歌者在席，

① 云间：松江府城的别称。 ② 袁海叟：袁凯号海叟。丙舍：本是停放灵柩的房屋，这里指袁凯的埋骨之所。 ③ 单狷(juàn 绢)庵：单恂号狷庵。 ④ 鸿飞冥冥，为弋(yì 义)者所篡：西汉扬雄在《法言·问明》中说：“治则见，乱则隐，鸿飞冥冥，弋人何篡焉。”意思是太平时候就做官，乱世就隐居，像鸿鹄那样飞得高远看不见，射鸟的到哪里去捕捉它。冥冥，就是高远看不见。弋，就是射鸟。篡，就是夺取。吴伟业在这里是说虽然单恂已隐居，仍要为人捕捉，指单恂被牵连进“海上之狱”而言。 ⑤ 陈征君：陈继儒，明后期的诗人兼书画家，也是松江华亭人，朝廷多次下诏书征用他出来做官，他都以病辞谢，因此被尊称为“征君”。西佘(shé 舌)山馆：陈继儒在松江城北佘山所筑的别墅。

回环昔梦，因及其事。狷庵解组归田①，遭逢多故②，视海叟之西台谢病③，倒骑乌犍牛以智仅免者④，均有牢落之感⑤，俾读者前后相观，非独因物比兴也⑥。

白燕庵头晚照红，摧颓毛羽诉西风。虽经社日重来到⑦，终怯雕梁故垒空⑧。

当年掠地争飞俊，垂杨拂处帘栊映⑨。征君席上点

---

① 解组：去掉官职。组是官印印纽上穿的带子，即所谓印绶，平时用印绶把印挂在身上，解开印绶交还官印，是古代去官的必经手续。单恂本是明崇祯十三年(1640)的进士，外任麻城(今湖北麻城)知县，在明亡前已去职回家乡。 ② 多故：故指变故、变化，即清兵南下所造成的种种变乱。 ③ 西台谢病：西台指御史台，洪武初年袁凯在南京任御史，得罪了明太祖，只好伪装有精神病免职回乡。 ④ 倒骑乌犍(jiān 肩)牛：袁凯回华亭后常反戴乌巾，倒骑黑牛，装得疯癫似的在郊外游玩。犍牛，阉割过的牛。仅免：幸免。 ⑤ 牢落：无所寄托。⑥ 因物比兴：比是借物譬喻，兴是借物寄托，是《诗经》以来我国的诗歌传统作法，如这里把白燕来比袁、单，借白燕同情袁、单，都叫因物比兴。 ⑦ 社日：我国古代以立春和立秋后的第五个戊日为社日，立春后的叫春社，立秋后的叫秋社，都要祭土神。燕子是候鸟，每年在春社前后飞来，秋社前后飞去南方。 ⑧ 怯：害怕，畏缩不前。雕梁：用彩画装饰的屋梁。故垒：垒在这里指燕巢，故垒就是旧年结筑的燕巢。以上第一段，总的讲白燕亦即单恂的身世。 ⑨ 栊(lóng 龙)：窗上的木格子。

微波①，双栖有个凝妆靓②。赵家姐妹斗婵娟③，软语轻身鬓影偏。错信董君他日宠④，昭阳舞袖出尊前⑤。

长安秾杏翩跹好⑥，穿花捎蝶春风巧。楚雨孤城俦侣稀⑦，归心一片江南草⑧。

---

① 点微波：掠水而过，燕飞的一种姿态。 ② 栖：燕的栖息。凝妆：妇女盛妆。靓(jìng 静)：用脂粉装饰。 ③ 赵家姐妹：指西汉成帝的皇后赵飞燕和住在昭阳殿里的昭仪赵合德姐妹俩，因为名叫飞燕，所以常被用来作为燕子的典故。袁凯《白燕》诗的尾联就有"赵家姐妹多相妒，莫向昭阳殿里飞"的句子。斗：比赛。婵娟：美好。 ④ 董君：指西汉哀帝时董贤，他虽是男的，但为哀帝所宠爱，连妃嫔都比不过他。 ⑤ 尊前：也作"樽前"，尊或樽是酒杯，尊前也就是筵席上。以上第二段，讲当年在陈继儒的筵席上和单恂相识。这一段所有的句子都是既在讲筵席上的歌女，又是在说燕，同时也衬托出单恂年轻时的神态。 ⑥ 长安秾(nóng 农)杏：长安指北京，秾是花木繁盛，秾杏是繁盛的杏花，指单恂在北京考中了进士。因为唐代中进士科的要在曲江西边的杏园举行杏园宴，所以后人把杏花作为中进士的预兆和象征。翩跹(xiān 仙)：舞姿轻扬飘逸。 ⑦ 楚雨孤城：指单恂出任麻城知县，麻城在今湖北，湖北旧属楚，所以说"楚雨"。 ⑧ 归心一片江南草：指单恂去官返回华亭故乡。以上第三段，讲单恂的仕宦经历，但又句句都像在讲燕。

缟素还家念主人①,琼楼珠箔已成尘②。雪衣力尽蓝田土③,玉骨神伤汉苑春④。

衔泥从此依林木,窥檐讵肯樊笼辱⑤。高举知无鸿鹄心⑥,微生幸少乌鸢肉⑦。

---

① 缟素还家念主人:因为是白燕,所以说缟素。缟素既是白色,又是白色的丧服,在这里又象征地说明明朝的灭亡;念主人者不止是白燕念主人,更是单恂念他的主子明思宗。
② 珠箔(bó 伯):箔是帘子,珠箔就是珠帘。 ③ 雪衣力尽蓝田土:雪衣指白燕,说它像穿了雪白的衣服。力尽蓝田土,是西汉时临江闵王刘荣的典故,刘荣因小错误畏惧自杀,葬在长安南边的蓝田,有燕几万把土衔到他的坟冢上。 ④ 玉骨神伤汉苑春:玉骨也指白燕,想像它的骨头也白得如同白玉。神伤汉苑春,是西汉丁姬的典故,丁姬是哀帝的母亲,本是皇太后,哀帝死后王莽把她贬称丁姬,并掘坏了她的墓,结果也有燕数千只衔土来投,等于为她修墓。以上第四段,讲明朝终于灭亡,单恂想挽回颓势,"力尽"、"神伤"仍无济于事。
⑤ 衔泥从此……樊笼辱:这两句说单恂隐居不再做官,不愿进入清政权的樊笼受屈辱。 ⑥ 高举知无鸿鹄心:汉高祖刘邦有"鸿鹄高飞,一举千里"的歌,这里说"高举知无鸿鹄心"是讲单恂不准备反抗清政权。 ⑦ 微生幸少乌鸢(yuān 冤)肉:《庄子·列御寇》说人死厚葬是怕乌鸢来吃尸体,乌是乌鸦,鸢是老鹰。这里说"微生幸少乌鸢肉",是说单恂自以为家无财富,不致被清朝的兵将官吏来掠夺敲剥,好似没有可供乌鸢吃的肉。以上第五段,讲单恂既不愿仕清又不敢反清的政治态度。

探卵儿郎物命残，朱丝系足柘弓弹①。伤心早已巢君屋，犹作徘徊怪鸟看②。

漫留指爪空回顾，差池下上秦淮路③。紫颔关山梦怎归④，乌衣门巷雏谁哺⑤。

---

① 朱丝系足柘（zhè 这）弓弹：古人有把朱丝系在燕足，第二年燕归来朱丝犹在足上的事情，如今这“朱丝系足”的燕来到旧居，却被柘弓弹射，犹如单恂住到故乡而仍被人找麻烦。当然也可另行解释为“探卵儿郎”用朱丝来缚燕，用柘弓来射燕，但似无第一种解释有深意。柘弓，用柘树枝做的弓。② 以上第六段，说单恂虽已不敢反清，却仍被清政权视为异己而迫害，这意思在“伤心……”两句说得尤其明显。③ 差（cī）池：《诗·邶风·燕燕》说：“燕燕于飞，差池其羽。”后人就把“差池”来形容燕飞参差不齐的姿态。下上秦淮路：刘禹锡《乌衣巷》诗“朱雀桥边野草花，乌衣巷口夕阳斜。旧时王谢堂前燕，飞入寻常百姓家。”是人所周知的名作，乌衣巷就在秦淮河南。但这里所说“下上秦淮路”恐怕不仅是在借用刘诗，有可能单恂被牵连时曾去南京躲避或活动。④ 紫颔：据说有一种越燕，紫胸轻小，这里用“紫颔”不过是为了与下句“乌衣”作对，并无其他用意。⑤ 乌衣门巷：指单恂在华亭的家。雏（chú 除）：小鸟，这里指小燕子，指单恂的家属儿女。哺（bǔ 补）：鸟类用食物喂饱小鸟叫哺。以上第七段，说单恂想弃家出走但又不忍，后两句把这点讲得很明显。

头白天涯脱网罗①，向人张口为愁多。啁啾莫向斜阳语②，为唱袁生一曲歌③。

【翻译】

云间有个白燕庵，袁海叟的丙舍就在那里。我的朋友单狷庵隐居在旁边，本已鸿飞冥冥，可仍为弋者所篡，所以我写了这首吟送他。我二十多岁时，在陈征君的西佘山馆见到狷庵，当时有歌女在筵席上，回想起来有如梦境，因而在诗里也顺便提及。狷庵去官回乡，多次遭逢变故，较之海叟从西台告病，倒骑乌犍牛凭智术求免，可说都有牢落之感。所以要请读者前后对看，而不仅是因物比兴啊！

白燕庵头夕阳晚照照得红，

被摧颓了毛羽得控诉西风。

---

① 天涯：单恂并未出走远逃，仍在家乡和吴伟业见面，所以这“天涯”只是处在南京一角的松江府，就清中央政权北京来说也可算是“天涯”，犹如《送杜公弢武归浦口》中把去南京对江的浦口也算“向天涯”。 ② 啁啾（zhōu jiū 周纠）：鸟鸣声。 ③ 袁生一曲歌：袁凯回华亭后装疯，政府派使者去，他对着使者高唱一曲《月儿高》。这“一曲歌”就指《月儿高》。以上最后一段，劝单恂以后少说话以免惹祸。

虽则经过社日又重新来到，
终怕飞上雕梁见到旧巢空空。

当年是掠地争飞多轻俊，
垂杨飘拂之处有帘栊相映。
征君的筵席上点动微波，
双栖双息有个凝妆真靓。
赵家的姐妹惯会斗婵娟，
软语轻身再加鬓影偏。
错信那董君他日会得宠，
今天让昭阳的舞袖出尊前。

长安城里杏花秾艳翩跹好，
穿过杏花梢上蝴蝶春风巧。
楚雨孤城伴侣苦稀少，
归心一片向着江南草。

披上缟素返回家乡想念旧主人，
琼楼珠帘可怜都成尘。
雪衣力尽难填蓝田土，
玉骨伤神难回汉苑春。

衔着泥从此栖息在林木，
怎么肯窥人屋檐受那樊笼辱。
高举自知已没有鸿鹄之心，
微生自幸当少供乌鸢之肉。

只是那探鸟卵的儿郎惯把物命伤残，
尽管朱丝系在足上还是用柘弓来弹。
伤心它早已在你屋上营过巢，
你还要把它当作徘徊的怪鸟来相看。

随便留下爪印空自回顾，
差池下上在秦淮之路。
让紫颔远飞关山可梦里怎能来归，
那乌衣门巷的雏燕让谁来喂哺。

头白了总算在天涯脱出了网罗，
向人张开口只是为了愁多。
不要向着斜阳再啁啾，
给你唱那袁先生的一曲歌。

茸 城 行

这是一首以清松江提督汉奸马逢知为题材的七言古诗。马逢知本是土匪，名进宝，降清后被编入旗籍，改名逢知，甘心充当汉奸。顺治十二年(1655)任松江提督，对百姓掠夺敲剥，甚至纵兵四出抢劫，无恶不作。但又里通抗清的郑成功，希冀两边捞到好处。顺治十六年(1659)夏秋郑成功进攻南京失败，马逢知阴谋败露，十七年(1660)正月被清廷以“解任回旗”名义骗进北京，然后下狱，携带的二十多船珍宝、几百万金银都被没收。顺治十八年(1661)正月清世祖病死，圣祖玄烨即位，大赦天下，就是不赦马逢知，大约过不久就把他和两个儿子一并处斩。

这《茸城行》的茸城就是松江[①]，诗里用主要篇幅控诉了马逢知在松江的罪行，并点出他可耻的下场，写作时间应在顺治十八年(1661)马被处斩之后，其时吴伟业已五十三岁。

朝出胥门塘[②]，暮泊佘山麓[③]。旁带三江襟沪渎[④]，五茸城是何王筑？泖塔霜高稻叶黄[⑤]，淀湖雨过莼丝绿[⑥]。百年以来夸胜事[⑦]，丹青图卷高珠玉。学士挥毫

① 茸(róng荣)城：茸本是初生的草，又指柔软的兽毛。相传松江府城的南边有春秋时吴王夫差的猎场，唐陆龟蒙《和吴中书事寄汉南裴尚书》诗有"五茸春草雉媒娇"的句子，自注："五茸，吴王猎所，昔各有名。"为什么叫茸，则自是和猎场的草和所猎的兽有关系。由此后人把松江府城叫五茸城，或者称为茸城。 ② 胥门塘：胥门是苏州府城的西门，塘是苏州城外的水道，叫山塘。 ③ 佘山：在松江府城北，见《白燕吟》注。 ④ 三江：是哪三条江说法很多，其实所谓"三"本是多数的意思，所谓"三江"本指长江下游入海处众多的水道。至于这里的"三江"，也许是指松江、东江(已堙塞)、娄江(即浏河)而言。襟：襟带，回互萦带。沪渎：松江的下流，在上海东北。 ⑤ 泖(mǎo卯)塔：泖湖在松江府城之西，一名三泖，今已淤为平地，泖塔是泖湖湖边的塔。 ⑥ 淀(diàn店)湖：淀山湖，在松江府城西。莼(chún纯)：莼菜，叶片椭圆形，深绿色，浮于水面，长江以南多有野生的，它的嫩叶可采作蔬菜，即所谓莼丝。 ⑦ 胜事：盛事。

清秘楼①，征君隐几逍遥谷②。前辈风流书画传，后生贤达声华续③。给事才名矫若龙④，山公人地清如鹄⑤。汗简销沉又几秋⑥，沧江屡建高牙纛⑦。

---

① 学士挥毫清秘楼：指华亭人董其昌，他是明末的大书画家，历官太常卿、侍读学士、礼部尚书。又元末大画家倪瓒有个清秘阁，这里说清秘楼是借用。 ② 征君隐（yìn 印）几逍遥谷：指华亭人陈继儒，见《白燕吟》注。隐几，是伏在几上休息，这样把几盖住了，所以叫"隐几"。逍遥谷：是唐初潘师正隐居的地方，这里也是借用。 ③ 贤达：贤是有修养、有学问、有本领，达是做官显贵。 ④ 给事才名矫若龙：指华亭人陈子龙，曾任明兵科给事中，清兵南下后，他从事反清活动，被捕投水自杀殉国。他名子龙所以说他"矫若龙"，矫是矫健、轩昂。 ⑤ 山公人地清如鹄：指华亭人夏允彝，清兵南下后投水自杀殉国。山公是西晋人山涛，做吏部尚书很有名，见《鸳湖曲》注，而夏允彝在南明弘光朝任吏部考功司主事，因此可以借用"山公"来称他。人地，指人望和门第。 ⑥ 汗简销沉：先秦汉魏时人用竹木简抄书写东西，竹简要经火烤出竹汗后才能使用，这就叫"汗简"，这里则引申指上述这些名人文士的诗文著作。销沉，是说不再继续出现这样的诗文著作。
⑦ 沧江：沧通"苍"，青绿色。江水是青绿色，所以称"沧江"。屡见高牙纛（dào 道，又读 dú 毒）：指顺治时先后任松江提督的马逢知和梁化凤，因为不止一个，所以说"屡见"。牙纛，将军用的大旗。以上第一段，对苇城的地灵人杰先作总的铺叙，最后转到明亡后遭受武人尤其是马逢知的蹂躏。

不知何处一将军，到日雄豪炙手熏①。羊侃后房歌按队②，陈豨宾客剑成群③。刻金为漏三更箭④，错宝施床五色文⑤。异物江淮常月进⑥，新声京洛自天闻⑦。承恩累赐华林宴⑧，归镇高谈横海勋⑨。未见尺书收草

① 炙(zhì 治)手熏：炙是烤，炙手可热，即热得烫手，比喻有权势者气焰之盛。熏是火烟上腾，这里的熏也形容气焰之盛。 ② 羊侃后房歌按队：羊侃是南北朝时由魏投梁的勇将，家中有很多姬妾，多善于歌舞。 ③ 陈豨(xī 希)宾客剑成群：陈豨是西汉高祖时的大将，养有几千宾客，“剑成群”是为了和“歌按队”对偶而凭想像加上的。 ④ 刻金为漏三更箭：古代计时用刻漏，也叫漏壶，用铜壶贮水，壶底有小洞让水定时下滴，滴的水进入一壶，壶内有箭刻上时间的标志，随水滴入壶而箭也上升。这里说“刻金为漏”是形容马逢知的奢侈。 ⑤ 错宝施床五色文：床上镶嵌五色的宝石。 ⑥ 异物江淮常月进：唐代有的高级地方官每月主动向皇帝进献财物，叫“月进”，这里是说马逢知把江淮的财物进贡到北京，当然并非真像唐代那样月进。 ⑦ 新声京洛自天闻：这可能是说皇帝赐给马逢知的歌伎，或是他被赐观看宫廷歌舞。“天”就指皇帝或是皇帝所在的北京。京洛的“洛”本指古都洛阳，但后来也成为京城的代称。 ⑧ 华林宴：华林园是南朝皇家的园林，皇帝常在此赐宴。 ⑨ 横海勋：西汉时有横海将军的官职，这里是指打击郑成功、张煌言、张名振等活动在沿海的反清武装而建立功勋。

泽[1]，徒夸名字得风云[2]。此地江湖绾锁钥[3]，家擅陶朱户程卓[4]。千箱布帛运轺车[5]，百货鱼盐充邸阁[6]。将军一一数高赀[7]，下令搜牢遍墟落[8]。非为仇家告并兼[9]，即称盗贼通囊橐[10]。望屋遥窥室内藏，算缗似责从前诺[11]。敢信黔娄脱网罗[12]，早看猗顿填沟壑[13]。窟室飞觞

① 尺书收草泽：写信招降反清武装。草泽本指荒野地方，这里引申为在荒野地方的所谓贼寇，等于说什么“草寇”、“草贼”。 ② 风云：风云就是际会、际遇，得到机会飞黄腾达。 ③ 绾（wǎn 晚）：控扼。锁钥：指紧要地点。 ④ 陶朱：陶朱公，战国初年的大富商。程卓：程是程郑，卓是姓卓的，都是西汉时在蜀地经营冶铁的大富豪。 ⑤ 轺（yáo 尧）车：一种解释是轻便的马车，一种解释是军车，这里指军车。 ⑥ 邸（dǐ 底）阁：三国两晋南北朝时设置的储粮所，专供军国之需。

⑦ 高赀（zī 资）：有很多钱财的人。 ⑧ 搜牢：东汉末大军阀董卓纵放兵士剽掳财物，自称“搜牢”。墟落：村落。 ⑨ 仇家告并兼：富人侵吞贫民的财富田产，叫“并兼”或“兼并”。这里是说被仇人诬告有并兼的行为。 ⑩ 盗贼通囊橐：囊橐本是口袋，后来引申为留藏盗贼，这等于用口袋盛东西，从而称之为“囊橐”。 ⑪ 算缗（mín 民）：算缗钱，西汉时对工商、高利贷者、车船所有者所征的税，以缗为计算单位，一缗即钱一千文。责：取偿。从前诺：过去许下的、允诺的。 ⑫ 黔娄：战国时齐国的隐士，历史上著名的穷人。 ⑬ 猗（yī 衣）顿：春秋时鲁国人，在猗氏地方（今山西临猗南）营盐致富。

传箭催①，博场戏债横刀索②。纵有名豪解折行③，可堪小户胜狂药④。将军沉湎不知止⑤，箕踞当筵任颐指⑥。拔剑公收伍伯妻⑦，鸣髇射杀良家子⑧。江表争猜张敬

① 窟室：地下室，春秋时贵族中有造了窟室晚上在里面喝酒的，马逢知未必造窟室，这是用来形容他行为荒唐。飞觞：筵席上传酒杯。传箭催：用令箭催人喝酒，这也只是形容其专横，未必真有其事。 ② 博场戏债：博戏就是赌博，博场、戏债，就是赌场上、赌债。 ③ 名豪：这里指当地的名人豪绅。解：懂事，知趣。折行：降低自己的地位、行辈和对方往来结交。 ④ 胜：支持得住。狂药：吃了能使人疯狂的药，这里指马逢知这种等于吃了狂药的疯狂行为。 ⑤ 沉湎（miǎn 免）：沉溺，多指沉溺于酒，即嗜酒无度。 ⑥ 箕踞：古代席地而坐，坐时两脚伸直叉开，是极不礼貌的姿态。宋以来已坐椅子，不好在椅子上箕踞，说“箕踞”只是形容其粗野。颐指：颐是下巴，用下巴示意指挥人做事，叫颐指，这也是一种极傲慢的姿态。 ⑦ 公收伍伯妻：古代军队中五人为伍，其长叫伍伯。东汉末大宦官曹节之弟曹破石任越骑校尉，越骑营有个伍伯的妻很美，曹破石强行索要，这伍伯妻被迫自杀。这里用来指马逢知强抢妇女。 ⑧ 鸣髇（xiāo 肖）：髇本是响箭，这里通指箭，鸣髇就是射出箭。射杀良家子：良家子在这里指正当有身份而并非所谓下贱的人。这是说马逢知随意杀人。

儿①，军中思缚卢从史②。枉破城南十万家③，养士何无一人死④？贪财好色英雄事，若辈屠沽何足齿⑤！

君不见，夫差猎骑何翩翩，五茸春草城南天。雉媒飞起发双矢⑥，西施笑落珊瑚鞭⑦。湖山足纪当时胜，歌

① 江表争猜张敬儿：张敬儿是南朝齐的高级将领，极粗鲁贪酷，齐武帝怀疑他谋反，最后把他收捕处死。江表：长江以南地区。 ② 军中思缚卢从史：卢从史是唐昭义军节度使，横行不法，出兵征讨承德节度使王承宗而反和王通谋，宰相从他的牙将处了解情况，知道有可能从军中把他擒捉，就叫和他对扎营的大宦官吐突承璀（cuǐ 崔上声）下手，把他擒缚送长安。 ③ 枉破城南十万家：枉是枉然、徒然、白白地。破家是使人家破人亡。“城南十万家”则是言其多，并非真破了整十万家。 ④ 养士何无一人死：养士指马逢知军中蓄养的亡命之徒。何无一人死，是说在紧要关头没有一个替马逢知出死力。这句诗点出了马逢知被捕被杀的结局。 ⑤ 屠沽：杀猪的，卖酒的，旧社会认为下贱的人。齿：并列，并提，提到。以上第二段，历数马逢知在松江的罪行，最后转入他被捕被杀的结局，并指出这种人连“贪财好色”都不够格，从而下一段讲出真能“贪财好色”的吴王夫差和其他英雄人物。 ⑥ 雉媒：雉即野鸡，据说古代猎雉的养熟了一只雉作为雉媒，让它把野生的雉招引来以便捕捉。 ⑦ 西施：传说是越王勾践送给吴王夫差的美女。

舞犹为后代传。陆生文士能为将①，勋名三世才难量②。河桥虽败事无成③，睥睨千秋肯谁让④。代有文章占数公，烟霞好处神偏王⑤。兵火烧残万卷空，大节英声未雕丧⑥。

一朝遽落老兵手⑦，百里溪山复何有？已见衣冠拜健儿⑧，苦无丘壑安穷叟⑨。

茸城杨柳郁婆娑⑩，欲系扁舟奈晚何？盘龙浦上行

---

① 陆生文士能为将：陆生指西晋时华亭人陆机，他是著名的文学家，但在八王之乱中又曾统兵二十余万替成都王司马颖讨伐长江王司马乂（yì 义）。 ② 勋名三世：陆机的祖父陆逊是三国时东吴的丞相，父亲陆抗是东吴的大司马，连陆机本人是三世。 ③ 河桥虽败事无成：陆机在河桥被司马乂打败，司马颖又听了谗言把陆机杀害。 ④ 睥睨（pì nì 僻腻）：傲慢地斜视着。 ⑤ 烟霞：指山水。王（wàng 望）：通“旺”。 ⑥ 大节英声：指反清牺牲完大节得英名的陈子龙、夏允彝和其他几位华亭人士。雕丧：不振。以上第三段，讲真能“贪财好色”的吴王夫差和华亭其他的英雄人物。 ⑦ 遽：遂。老兵：指梁化凤等人。顺治十六年（1659）郑成功进攻南京时梁化凤是个总兵，挽救南京有功，十七年（1660）马逢知被骗入京后，他升任松江提督，十八年又升任统管江苏长江以南地区的江南提督。 ⑧ 衣冠：指做过官有所谓身份地位的人。健儿：战士，见《杂感》十八。 ⑨ 丘壑：山水幽深，可以隐居之处。以上第四段，讲马逢知虽去，江南人民在梁化凤之流统治下仍没有好日子过。 ⑩ 婆娑（suō 梭）：这里指扶疏，用来形容枝叶纷披。

人少①，唳鹤滩头战舰多②。我望严城听街鼓③，鲈鱼沽酒扣舷歌④。侧身回视忽长笑，此亦当今马伏波⑤！

【翻译】

早晨开出了胥门山塘，

日暮停泊在佘山山麓。

旁带着三江回萦沪渎，

这五茸城是哪个帝王建筑？

泖塔霜高稻叶已变黄，

淀湖雨后莼丝也显绿。

百年以来夸作胜事，

---

① 盘龙浦：水道，在华亭、昆山之间，回旋迂缓达四十里，所以叫盘龙。 ② 唳（lì 利）鹤滩：松江府城西南湖东的滩，传说鹤饮了这里的水鸣声清越，因而叫唳鹤滩。鹤类高吭地鸣叫就叫唳。战舰：清水师的战舰。 ③ 严城：严加警备的城。街鼓：设在街道上的警夜鼓，宵禁开始和终止时击鼓通报，宋以后改名更鼓。 ④ 鲈鱼：是松江的名产。舷（xián 弦）：船的边沿。 ⑤ 此亦当今马伏波：马伏波是东汉初年封为伏波将军的马援，他是支持光武帝刘秀中兴汉室的功臣。马逢知也曾里通要反清复明的郑成功，似乎想学马援，可他哪是这料子，尽管也姓了马。"此亦当今马伏波"，就是用讥笑的口吻说马逢知不配学马援。以上最后一段，写吴伟业目睹的茸城晚景，并回到马逢知身上作结束。

丹青图卷价高珠玉。
那学士挥毫在他的清秘楼，
那征君隐几在他的逍遥谷。
前辈的风流是靠书画流传，
后生们也贤达声华堪继续。
像给事的才调名声矫若神龙，
像山公的人望门第清如鸿鹄。
汗简销沉又经过几个春秋，
沧江边却一再高建起牙纛。

不知道从哪里跑来这个将军，
来到这里那雄悍豪横真可炙手熏。
像羊侃那样后房歌舞按队，
像陈豨那样宾客刀剑成群。
雕刻黄金做成漏壶三更浮箭，
镶嵌宝石装饰成床五色成文。
江淮的异物经常月进，
京洛的新声也从天闻。
承受皇恩累登华林宴会，
回到军镇侈谈横海功勋。
没有见到他修寄尺书收降草泽，
只是听到他夸张名字际会风云。

这里地居冲要控扼江湖锁钥，
家家能像陶朱户户可比程、卓。
千箱布帛装运动用轺车，
百货鱼盐弄来充实邸阁。
这将军一一点数高赀，
还下令搜牢遍及村落。
不是被仇家诬告并兼，
就是说成为盗贼囊橐。
见到房屋就要窥视室内的财物，
征收缗钱如同取偿从前所允诺。
不敢相信穷如黔娄的能脱网罗，
早已看到富比猗顿的填了沟壑。
他在窟室里飞觞还传令箭催促，
他在赌场里逼债也横长刀强索。
纵使那名豪知趣肯为他折行，
那小户可承受不了他疯狂得如同饮了狂药。
这将军还沉湎而不知休止，
筵席上箕踞着还气使颐指。
他拔出剑公然夺取伍伯妻，
他射出箭公然杀死良家子。
江表都在猜疑张敬儿，
军中都想缚送卢从史。

他枉自弄得城南十万人家人亡家破，
事到临头怎没有一个养士为他拼死？
贪财好色毕竟还是英雄之事，
像他这种屠沽之辈哪足挂齿！

君不见，夫差的猎骑何等翩翩，
五茸城南有春草连天。
雉媒飞起射出了双箭，
博得西施一笑手里掉下了珊瑚鞭。
湖山足纪当时胜事，
歌舞犹为后代流传。
还有那陆先生虽是文士同时又身为大将，
三世勋名才略自难估量。
河桥一战虽然战败大事不成，
可是他睥睨千秋肯为谁退让！
一代代都有文章都要数上几位名公，
烟霞好处偏使人神旺。
尽管兵火烧残万卷图书毁光，
可大节英声决没有雕丧。

一朝这里又落入老兵之手，
百里的溪山还复何有？

已看到衣冠在下拜健儿，
难找到丘壑能安顿穷叟。

苇城的杨柳稠密又婆娑，
想系上扁舟可天晚奈何？
那盘龙浦上行人稀少，
那唳鹤滩头战舰众多。
我眼望严城耳听街鼓，
有鲈鱼有沽酒扣着船舷唱歌。
侧过身子回头看忽然放声大笑，
像这模样的居然也是当今的马伏波！

仿唐人本事诗

这是四首以孔四贞为题材的七言绝句。孔四贞是大汉奸定南王孔有德的女儿，顺治九年(1652)南明永历政权的大将、原农民军张献忠的部下李定国收复桂林，困守在城里的孔有德畏罪自杀，孔四贞的弟弟被俘，孔四贞脱逃。顺治十一年(1654)孔军余部又攻陷桂林，孔四贞把孔有德的棺柩送到北京。顺治十六年(1659)清廷知悉孔四贞弟已被杀，十七年(1660)就封孔四贞为和硕格格①，叫她“掌定南王事”即直接

① 和硕格格：格格是清皇族女儿的称号，亲王女儿封和硕格格，即汉人所谓郡主。

管理孔军。康熙元年(1662)孔四贞十六岁，清圣祖的皇太后把她认为养女，并让她和她原许配的孙延龄完婚。吴伟业这四首诗就是写孔四贞上面这段经历①。因为孔四贞当时还是有权势者，所以题目不宜点明，而用了所谓《仿唐人本事诗》。本事诗者，或写人，或写事，是内容均有所指的诗，唐人孟棨编写过一卷《本事诗》，所以这里叫《仿唐人本事诗》。写作时间应在康熙元年，这年吴伟业五十四岁。

其一

这第一首讲清世祖曾想纳孔四贞为妃，只因孔四贞太小得等几年，后来因清世祖逝世未能实现。

聘就蛾眉未入宫，待年长罢主恩空②。

---

① 孔四贞以后的经历是：康熙四年(1665)和任命为广西将军的孙延龄同往桂林统率孔军，十二年(1673)孙延龄响应吴三桂叛清，后孙延龄又想降清，被吴三桂所杀，孔四贞也被拘入云南；康熙二十年(1681)云南平定，第二年正式撤销孔军，孔四贞也随之北归，老死在北京。 ② 主恩空：指顺治十八年(1661)正月清世祖逝世。

旌旗月落松楸冷，身在昭陵宿卫中①。

【翻译】

蛾眉受了聘但尚未入宫，

等待年长可主恩又成空。

旌旗在残月下松楸也显得清冷，

她也列入了昭陵宿卫之中。

其二

这第二首前两句讲孔四贞以和硕格格“掌定南王事”，后二句讲她又是清圣祖的太后养女。

锦袍珠络翠兜鍪②，军府居然王子侯③。

---

① 身在昭陵宿卫中：清世祖的陵本叫孝陵，昭陵是唐太宗的陵，这里是借用。孔四贞当时已是“掌定南王事”的和硕格格，主管孔军，实际上等同高级军事长官，因而可以军人身份被说成宿卫昭陵即孝陵。 ② 锦袍珠络翠兜鍪（móu 谋）：这是古代女将军的打扮，珠络是用珍珠串成兜头用的网状物，翠兜鍪是用翡翠等宝石装饰的头盔，兜鍪就是头盔。
③ 军府：定南王府，因为统率着孔军所以叫军府。王子侯：西汉时同姓诸侯王把自己的领邑分封给子弟，这种被分封的叫“王子侯”，这里借用来指孔四贞被封和硕格格。

自写赫蹏金字表①，起居长信阁门头②。

【翻译】

披上锦袍包上珠络戴起翠兜鍪，
掌管军府居然成了王子侯。
亲自铺开赫蹏写上金字表，
问候起居在长信宫的阁门头。

其三

这第三首是讲孔四贞从桂林把孔有德的棺柩运到北京。

藤梧秋尽瘴云黄③，铜鼓天边归旐长④。

---

① 赫蹏(xì tí 戏提)：亦作“赫蹄”，西汉后期出现的小幅薄纸，在宫廷里使用，这里借用来指孔四贞上表用的纸。② 起居：问候起居，请安的意思。长信：西汉时皇太后住长信宫，这里借用来指清圣祖的皇太后所住的宫。阁(gé 隔)：门旁小户。 ③ 藤梧：清广西省梧州府的藤县和苍梧县，今广西藤县和苍梧县，这里用来泛指广西地区。 ④ 铜鼓：我国古代两广等地少数民族所铸造使用的乐器，因为孔四贞从桂林出发，所以写上“铜鼓”，并非真用了铜鼓。旐(zhào 赵)：这里指旧时出丧时在棺柩前引路的旗，俗称魂幡。

远愧木兰身手健①，替耶征战在他乡②。

【翻译】

藤梧秋尽瘴云昏黄，
铜鼓声中天边回京的旌幡长。
自愧不如当年的木兰身手强健，
能替代父亲征战在他乡。

其四

这第四首是写孔四贞的丈夫孙延龄，孙延龄是靠了孔四贞才显贵的，所以把他写成了一副谨小慎微相。

新来夫婿奏兼官③，下直更衣礼数宽④。
昨日校旗初下令⑤，笑看不敢举头看⑥。

---

① 木兰：北朝民歌《木兰诗》中的主角，以女子身份代替老父从军征战，功成还乡。 ② 耶：通"爷"。 ③ 奏兼官：孙延龄因为和孔四贞结婚，当上了和硕额驸（和硕格格丈夫的称号）、内辅政大臣。 ④ 下直：下班，从办公处回到住处。更衣：更换衣服。 ⑤ 校（jiào 较）旗：校是校阅军队，校旗是校阅时发号施令用的旗。 ⑥ 笑君不敢举头看：这是借用孔四贞的口气，笑孙延龄在大场面上胆小害怕。

【翻译】

新来的夫婿奏请兼了官，
下直更衣后礼数才松宽。
昨天展动校旗初次发命令，
笑你胆小得不敢抬头观看。

临　终　诗

这里所选三首七言绝句是康熙十年十二月二十四日(1672年1月23日)吴伟业病逝前写的,仅见于《梅村家藏稿》里。《临终诗》这个题目当是以后他的儿子吴暻[1]等编《家藏稿》时安上的,不一定真是临终前咏成。不过咏成时毕竟病已沉重,所以辞句似已不如他平时那么风华典雅,但确能讲出他的真实思想,仍值得一读。

① 暻(jǐng景)。

其一

这第一首是对没有能够殉国这一点作自我谴责。

忍死偷生廿载余①,如今罪孽怎消除。
受恩欠债应填补,总比鸿毛也不如②。

【翻译】

忍耐不死偷生至今已廿载有余,
到如今积下的罪孽怎么消除。
受的恩欠的债自应该偿补,
即使比鸿毛也自觉不如。

其二

这第二首说自己一生不幸,身后还将被人哂笑。

---

① 廿载余:从明崇祯十七年(1644)思宗自杀到吴伟业逝世,已有二十八年。 ② 鸿毛:西汉时司马迁在《报任安书》中说过:"人固有一死,死有重于泰山,或轻于鸿毛。"

岂有才名比照邻①，发狂恶疾总伤情②。
丈夫遭际须身受，留取轩渠付后生③。

【翻译】

我的才名岂能比上卢照邻，
他患恶疾发狂总叫人伤情。
大丈夫一生的遭遇际会都得自己领受，
换得轩渠一笑尽由他后生。

其三

这第三首说自己满腔悲愤无从排解，只有流泪。

胸中恶气久漫漫④，触事难平任结蟠⑤。
磈垒怎消医怎识⑥，惟将痛苦付汍澜⑦。

---

① 照邻：卢照邻，唐高宗武后时的文学家，"初唐四杰"之一。 ② 发狂恶疾：卢照邻患风痹恶疾，忍不住痛苦，发狂投颍水自杀。 ③ 轩渠：大笑。后生：后来的年轻人。 ④ 恶气：作恶之气，郁闷不乐的一股气。漫漫：长久得没有止境。 ⑤ 结蟠：蟠结，蟠曲结聚。 ⑥ 磈（kuǐ 亏上声）垒：也作磈磊，本是许多高低不平的石块，引申为胸中积郁的不平之气。 ⑦ 汍（wán 玩）澜：流泪不止貌。

【翻译】

胸中的恶气久已漫漫，

遇到事情总难平静只好让他结蟠。

魂垒怎能消除医生怎能辨识，

只有把痛苦付之汍澜。

吴伟业生平简表

明万历三十七年(1609)　一岁(年岁均用旧算法)

五月二十日(6 月 21 日)生于南京苏州府太仓州。父琨,母朱氏。嗣父瑗,嗣母张氏。

明万历四十一年(1613)　五岁

仲弟伟节生。

明万历四十七年(1619)　十一岁

季弟伟光生。

明天启二年(1622)　十四岁

受业张溥门下。

明天启四年(1624)　十六岁

加入张溥创立的复社。

明崇祯元年(1628)　二十岁

岁试,入太仓州学为秀才。

明崇祯三年(1630)　二十二岁

乡试中式第十二名举人。

明崇祯四年(1631)　二十三岁

会试中式第一名,座主周延儒,师张溥同榜。殿试一甲第二名,授翰林院编修(正七品)。请假归娶郁氏夫人。

明崇祯八年(1635)　二十七岁

入京,补原官,充实录纂修官。

明崇祯九年(1636)　二十八岁

秋,典湖广试。

明崇祯十年(1637)　二十九岁

充东宫讲读官。

明崇祯十二年(1639)　三十一岁

升南京国子监(正六品)。

明崇祯十三年(1640)　三十二岁

升左中允(正六品),转左谕德(从五品)。嗣父瑗卒,丁忧回太仓州。

明崇祯十四年(1641)　三十三岁

张溥卒。

明崇祯十六年(1643)　三十五岁

服满,升左庶子(正五品),请求在家养亲,未入京就职。

明崇祯十七年
(1644)　三十六岁
清顺治元年

李自成入北京，明思宗朱由检自杀。清兵又入北京。明福王朱由崧立于南京，明年改元弘光。

明弘光元年
(1645)　三十七岁
清顺治二年

南京召拜少詹事(正四品)，两个月后辞职，回太仓州。六月，清兵南下，明弘光政权瓦解，朱由崧被擒杀。

明永历元年
(1647)　三十九岁
清顺治四年

上年冬明桂王朱由榔立于广东肇庆，本年改元永历。郁夫人卒。

明永历六年
(1652)　四十四岁
清顺治九年

撰写《海寇纪略》。

明永历七年
(1653)　四十五岁
清顺治十年

被迫离家去北京，冬到北京，授清秘书院侍讲(正六品)。

明永历九年
(1655)　四十七岁
清顺治十二年

升清国子监祭酒(从四品)。

明永历十年
(1656) 四十八岁
清顺治十三年

十月,嗣母张氏卒,丁忧。

明永历十一年
(1657) 四十九岁
清顺治十四年

二月,南归抵太仓州。

明永历十四年
(1660) 五十二岁
清顺治十七年

江南奏销案发生,被革职①。

明永历十五年
(1661) 五十三岁
清顺治十八年

正月,清世祖福临卒,圣祖玄烨即位②。十二月,永历帝朱由榔被俘,明亡。

本年母朱氏卒。

清康熙元年(1662) 五十四岁

四月,明永历帝朱由榔被杀害。本年长子暻生。

清康熙二年(1663) 五十五岁

---

① 奏销案:发生在顺治十七年(1660),苏州、松江、常州、镇江四府官绅读书人因拖欠应缴田赋,被查处了一万三千多人,其中见任官降调,在籍官革职,读书人有科名如秀才、举人则被革去科名。吴伟业也有拖欠,因是在籍官,被革职,他本不愿做清朝官,对此自无所谓。 ② 烨(yè 叶)。

父琨卒。次子暻生①。

清康熙三年(1664)　五十六岁

三子暄生②。

清康熙七年(1668)　六十岁

编刻《梅村集》四十卷。

清康熙十年(1671)　六十三岁

十二月二十四日(1672年1月23日)在太仓州家中逝世。

① 暻(lín 林)。 ② 暄(xuān 宣)。

《古代文史名著选译丛书》编纂始末①

马樟根　安平秋

今年1月,《古代文史名著选译丛书》已经出到100种101册(其中《史记》为2册)。4月份,最后的33种也已交稿。这样,全书133种即将呈献在读者面前。② 一项服务当前、造福子孙的普及优秀古代文化、进行爱国教育的大工程将宣告完工了。回想

①《古代文史名著选译丛书》由全国高校古籍整理研究工作委员会主持,古委会直接联系的18个古籍整理研究所为主要承担机构,章培恒、安平秋、马樟根任主编。本文于1992年4月,在《中国典籍与文化》杂志发表时题目是《衣带渐宽终不悔——〈古代文史名著选译丛书〉编纂始末》。这次将此文作为2011年修订版附录时,去掉原正标题,以原副标题为正式题目。 ② 至1994年4月最后定稿时,全书为135部。2011年修订版出版时,全书为134部。

这一套丛书动员18所院校，投入100余人，从1985年筹划，1986年起步，到今天已度过了六七年的岁月，个中甘辛令人难以忘怀。

一、北大·苏州·北大

——酝酿与筹划

编纂这样一套丛书，起因于1981年7月。当时陈云同志派人到北京大学召开了小型座谈会。来人告诉与会人员陈云同志最近在考虑两个问题：一个是粮食，一个是古籍整理。对古籍整理，特别讲到陈云同志说："整理古籍，为了让更多的人看得懂，仅作标点、注释、校勘、训诂还不够，要有今译，争取做到能读报纸的人多数都能看懂。有了今译，年轻人看得懂，觉得有意思，才会有兴趣去阅读。今译要经过选择，要列出一个精选的古籍今译的目录，不要贪多。"这就是后来收入《陈云文选》的那段话。1981年9月，中共中央关于整理我国古籍的文件中一字不差地强调了这段话。1983年，教育部成立了全国高校古籍整理研究工作委员会（简称古委会）。古委会主任周林同志根据中央和陈云同志意见，提出了组织力量今译古籍。但在当时，经过"文革”后的古籍整理工作百废待兴，加之一些学者对今译重要性的认识远非今日之深，这一工作一拖便是两年。

1985年5月，全国高校古委会在苏州召开了一届二次会议。周林同志在会上作了“人才培养和古代文化遗产普及问题”的专题发言，他分析了“解放三十多年来，由于‘左’的路线干扰，特别是‘文化大革命’，几乎使我们的民族文化到了中断的边缘，出现了对古代文化知之不多，或知之甚少的状况”，要教育界的同志“做好普及古代文化知识的工作”，搞好古籍的今注今译就是其中的一项重要任务，“高校古委会要在这方面多下功夫”，“高校古籍研究所无疑应担负起这个任务”。他针对当时一些人轻视古籍的今注今译思想，呼吁“我们对于选本、今译等有利于教育普及的东西，应承认它的学术价值”，“《昭明文选》、《唐诗三百首》、《古文观止》等是地道的选本，流传几百年，发生那么大的影响，能说没有水平？”“专家们深入浅出的在对古文献研究基础上的译注，对普及古代优秀文化作出重大贡献，算不算高水平的成果呢？”“古文既要译得恰当、准确，又要通畅易懂，难度是很大的”，“为了社会主义精神文明建设，古籍整理这方面也要作出应有的贡献”。一石激浪，沉寂了几年的今译古籍的话题又重新活跃起来。会上作了一番认真讨论。

经过这样的酝酿，1985 年 7 月，全国高校古委会科研项目评审组的专家们聚集在北京大学勺园，筹划编纂一套古籍今译的精选本。初步定名为《古籍今译丛书》，议定了收书范围、内容，开列了 65 种书的选目。并决定由科研项目专家评审组召集人、复旦大学古籍所所长章培恒教授和参加过陈云同志在北大召开座谈会、当时古委会主管科研工作的副秘书长安平秋同志共同负责，与秘书处同志一起具体筹划。经几个月的筹备，决定由古委会直接联系的 18 个高校古籍研究所承担这一工作，组成编委会，并开列出 89 种书的选目，对选译的进度、规划亦作了设计。此时，几家出版社闻讯而至，表示愿意出版这套丛书。最早与我们联系的巴蜀书社的段文桂社长以其强烈的事业心和对古籍今译的高度重视感动了我们，于是决定邀请巴蜀书社编辑参加第一次编委会议。

二、从柳浪闻莺到桂子山上

——第一批书稿的产生

第一次编委会于 1986 年 5 月在杭州柳莺宾馆

召开。宾馆因位于西湖十景之一的柳浪闻莺而得名。全国高校18个研究所的24名学者和有关人员聚集在这风景胜地,无心观柳,亦无从闻莺,紧张地工作了三天。会上确定了这套普及读物的读者对象是具有中等以上文化程度的广大群众,收书范围是中国历代文史名著,在名著之中选精。所选书目,在原拟89种基础上,调整为116种,以形成系统性。书中选篇之下分提示、原文、今译、注释四部分,以译文为主,书前有一前言,书中加入必要的插图。每一种书约10—15万字。书名确定为《古代文史名著选译丛书》。即由到会的24位学者组成丛书编委会①,由章培恒、马樟根、安平秋三人任主编。于是,编委会立即分成三个工作小组,在会上分头拟出丛书《凡例》、《编写、审稿要求》和《文稿书写格式》,经讨论修改而形成了正式文字以供遵循。在

① 编委会成员按姓氏笔划排列为:
马樟根　平慧善　安平秋　刘烈茂　许嘉璐　李国祥
金开诚　周勋初　宗福邦　段文桂　董治安　倪其心
黄永年　章培恒　曾枣庄(以上为常务编委)
王达津　吕绍纲　刘仁清　刘乾先　李运益　杨金鼎
曹亦冰　常绍温　裴汝诚(以上为编委)

自报的前提下，会上确定了由18个研究所承担前40部书的今译任务，要求当年年底完成。古委会主任、丛书顾问周林同志对编委会的认真精神、紧张工作和显著效率十分赞赏，他说："有这样一个编委会，有这样一个阵容来做选译，使中国历史文化不成为专属于少数人的知识，使能看报纸的人都读懂自己民族的名著，从而树立爱国主义、建设有民族特色的精神文明，其意义之深远将会在今后愈益显露出来。"于是，有1000余万字的大工程便从这里开始了。

当年年底各研究所的今译书稿经作者完成后，由在该所的编委审改，到1987年5月和7月，先后在复旦大学、北京大学两次召开编委审稿会。这种审稿会，说是审稿，实际上是边审边改，字斟句酌，每部书稿必须经一位编委、一位常务编委审改把关，经过这样两道工序，汇总到主编手中，40部书稿通过了25部。其中部分书稿赶印了样稿征求意见。于是周林同志于7月6日在北大临湖轩邀请了在京十几位专家与正在审稿的编委一起研究样稿，探讨如何提高这套今译丛书的质量。

根据编委审稿发现的问题和在京专家们的意

见，从书亟需在已定体例的框架中条列细则；而出版单位巴蜀书社又希望所出版的第一批书为50种以便形成格局，需要布置各研究所承担新的今译任务。这样，1987年10月在华中师范大学再次召开了编委会，又请了詹锳、周振甫、刘乃和、郭预衡等先生到会指导。

这次编委会是在审看了40部书稿后，发现了一大批问题亟待解决，又是在需要布置下一步任务的状况下召开的，是一次承上启下的编委会。会议初期人们的心情和会上的气氛都带有一股子严峻与急切。会议从5日到8日开了三天半。但是在4日晚上开预备会的时候，主编章培恒先生尚未到会，亦无他是否已从上海出发的信息。5日上午就要开会了，主编不到怎么行呢？5日一早，我们还在沉睡之中，忽听有人敲门，进来的竟是章培恒！一向风神儒雅、衣装考究的章培恒先生，此时却是一身尘灰、满脸疲惫地站在我们面前。原来他从上海出发前，未能买到机票或船票，而上海到武汉又没有直达火车，只好先从上海坐火车到长沙，为了不误5日上午开会，他只好买了一张无座票，夜间从长沙出发一直站到武昌。一向走路辨不清方向的章培恒竟然在夜色未退之前一人从车站摸到了华中师大专家楼，也算是奇迹。

这次编委会，从体例的具体要求、书中选篇是否合适、每篇中的提示如何写、注释的繁简和语言的通俗性，到今译的信达雅如何把握，例如李白的“床前明月光，疑是地上霜，举头望明月，低头思故乡”这样通俗的诗是否要翻译，在在都有热烈的争论。感谢编委们的努力和学术判断力，最后终于形成了一个《细则》，一切争论都统一在这个《细则》之上。编委们在思想明确、分得新的任务之后，显出了少有的轻松与喜悦。会议结束正逢中秋节，华中师大的专家楼坐落在武昌桂子山上。入夜，桂子山上举行了赏月茶会，几张方桌，围坐着全体编委和特邀到会专家。天上明月如盘，清辉洒地，眼前桂树葱茏，桂花飘香，华中师大古籍研究所的青年们活跃席间，引得王达津先生即席赋诗，刘乃和先生清唱京戏。这气氛预示着《古代文史名著选译丛书》克服了当前的困难，第一批50种书稿有如母腹中的胎儿，快要降生了。

三、华清池畔的愁云与人民大会堂的欢欣

——第一批书出版的柳暗花明

1988年10月，编委们再一次聚会，审定第一批

50种中的最后十几部书稿、修改第二批50种中的大量书稿。这次审稿是在“东枕华山、西拒咸阳”的骊山脚下、华清池滨的一家招待所。这里古朴而不豪华，食宿低廉却又实惠，审稿之余，左近有风景可观，有古迹可寻，房内有43℃的温汤沐浴，编委们平日在校教学、科研工作劳累而生活清苦，如今有这样的环境与条件，感到少有的惬意。我们作为主编觉得这也是对编委们两年来辛勤编书的一点补偿。但这种适意之感很快就被两件事所驱散。一件事是书稿的质量。几十部书稿交来，一经审看，从注译到体例完全合格的只有寥寥可数的三四部，余下的，或需小改，或需大改，或根本不合格需退回重作。另一件事是出版发行成了问题。到会的巴蜀书社副社长黄葵同志向大家通报了即将印出的16本书征订情况，最多的为2000册，且只有一种，其他的只有800册、600册，甚至还有200余册。征订不佳，销路不畅，出书要赔钱，出版社为难，编委们又无计可施。此时哪还有心思去观赏“骊山云树郁苍苍，历尽周秦与汉唐”？也无心绪登上骊山，在烽火台前怀古。且正值“楼台八月凉”的节令，只有华清池畔秋雨飘零，秋风瑟瑟，落叶满地，不禁愁从中来。

愁则愁，还得面对现实。书稿质量不高，靠到会近20位编委十余天的逐字逐句修改，终于改定合格17部。至于出版发行问题，巴蜀书社的朋友费心经营，重新设计了封面，改进装帧，将第一批50种装成一个大礼品盒，成盒出售。从中又得到了国家新闻出版署、四川省出版局、国家教委有关司局和各省市教委的大力支持与帮助，发行面得以扩大，到了1990年下半年，首印的17000套书销售已尽，而问讯、索购者不绝，出版社决定再印30000套以供读者需要。中央领导了解到这套丛书受到读者欢迎，欣然为丛书题辞，江泽民总书记的题辞是“做好我国古代文史名著的传播普及工作，使其古为今用，以发扬爱国主义精神”，李鹏总理的题辞是“弘扬民族优秀文化，激励爱国主义精神”。李瑞环同志也为丛书题了辞。

1990年8月22日在北京人民大会堂召开了《古代文史名著选译丛书》出版座谈会。国家领导人李铁映、胡乔木、李德生、陈丕显、廖汉生、王汉斌、王光英出席，古委会主任周林同志主持会议，到会各阶层代表在发言中从不同角度肯定了这套书对促进青少年了解历史、了解国情、了解中华民族优秀传统文化、进行爱国主义教育的作用。时值盛夏，却逢喜雨，洗却了编委和出版社同志心中的忧虑，参加大会堂座谈会的13名常务编委会后又聚集在北京大学讨论深入认识编纂这套丛书的重大意义，研究审改好第二批书稿的具体措施。

四、从舜耕山庄耕作到乐山脚下

——第二批书稿审定之艰辛

第二批书稿50种50册，是1987年10月布置的。1988年10月在西安审改合格的17部书稿都已放入第一批中以替换原已通过的第一批中质量较差的书稿。这样，第二批书稿当时余下的已完成的有20余部，却都不合格，只能要求译注者和编委再行修改。一年之后，编委会汇总来重新改好和新译注交来的第二批书稿44部，1989年10月于济南千佛山下的舜耕山庄召开了常务编委审稿会。

这次审稿，发现的问题较多。有的选目不当，如有的史书重要人物的传不选却选入无关紧要而又无学习价值的人物传，有的名家的文章名篇不选却选入既无文学价值又无借鉴意义的篇章。有的选译所依据的底本不当，舍弃现有的精校本却用校勘不善的本子。有的虽有根据地改动正文却只在注释中说“原作……据别本改”，而不指明据何本改。有的注释过繁，不利于一般读者阅读；有的注释极简，该注释的地方不注，使广大读者看了译文仍无法理解全文的精妙；而更多的是注释不准确，对一字一词增字为训而歪曲了原意的毛病也较普遍。译文问题更多，有的语义不清，佶屈聱牙，把“三顾频烦天下计，两朝开济老臣心”译为“三顾茅庐频烦为天下大计，两朝事业开济尽老臣忠心”，有的为追求通俗生动把“君何往”中的“君”译为“老兄”。每篇的提示，有的写得很长变成了文章赏析，有的虽短却不中肯綮，用了类似“文革”期间的语言扣几顶大帽子了事。看这样的稿子都觉头痛，改这样的稿子更感艰难。审稿历时 12 天，参加审稿、当时 63 岁的黄永年先生向我们诉苦：“头发掉了一把！”有的编委说，千佛山古称历山，传说舜在这里开垦耕耘，十分艰辛，我们住在舜耕山庄，预示着我们为这套丛书垦荒笔耕，也要历尽千辛。这次审稿，经过审改之后，有 10 部书稿合格，有 11 部需会后再作小的修改方能通过，余下的均需作大的改动或另请人译注。

这次审稿还研究了所选戏曲部分的曲辞如何今译问题，如规定了念白中出现的诗句只注不译，上、下场诗只注不译，注而不译的文字在译文中应予保留以便参读。

到1990年12月，丛书常务编委在广州研究丛书如何体现批判继承精神、如何提高第二批书稿质量时，又有18部书稿完成交来。为了保证书稿质量，使1991年上半年召开的常务编委审稿会得以顺利进行，我们三个主编从广州匆匆赶到北京，用了一周时间审看了这18部书稿，通过了7部，11部退改。当我们看完最后一部书稿碰头研究时，已是12月31日。在1990年一年内，我们仅仅通过了这7部书稿。加上1989年在舜耕山庄通过的10部，也仅有17部，尚差33部方足第二批的50部。

1991年5月，常务编委来到古称嘉州的乐山市，在乐山山腰的八仙洞宾馆继续审改第二批书稿。改稿时间只有十天，要力争将50部推出，其繁重可知。我们在改稿过程中，不禁想到明万历年间嘉州知州袁子让的诗句“登临始觉浮生苦”，想到这套丛书从起步到这次审改已历时5年，当初怎么也没有想到完成这套丛书会是如此的艰辛，真是登临始觉笔耕苦啊！

这次乐山审稿，通过了13部书稿。好在余下的20部书稿只须小改即可在会后交稿，终于在1991年8月将这20部书稿全部改定交巴蜀书社。第二批50部历时近四年终于定稿了。

五、在金陵古都作光辉的一结

——第三批书稿的完成

1990年12月据出版社的要求，这套丛书出齐当为150种，到乐山会上又修正为110种至125种，最后数字的确定根据最后一次审稿结果而定，合格的即入选，不合格的不再修改选入。根据这一共识，今年4月中旬，我们一部分常务编委聚集到六朝古都南京，从已经交来的35部书稿中选择经小改合格的书稿。经过十一天的劳作，选择、改定33部，由到会的常务编委、巴蜀书社的段文桂总编和编委、巴蜀书社的刘仁清副编审带回成都，将经由他们的继续辛苦而使《古代文史名著选译丛书》以133部、1500万字之数呈献给热爱中华文化的读者。

这套丛书从1986年5月起步，历时整整六年，平日繁细工作不计，仅编委大小审稿会就开了12次之多。丛书的发起人、顾问、古委会主任周林同志先后参加了8次审稿会,每次都自始至终和大家在一起,听取审稿情况,了解遇到的问题;当我们遇到困难的时候他为我们鼓劲,当我们感到欣喜的时候他提醒我们不可大意。这次他又和我们一起来到虎踞龙蟠的石头城下,为我们督阵,看我们能否为这套丛书作出光辉的一结。

此时此刻,我们与这次会议的东道主、丛书常务编委、南京大学的周勋初先生漫步在中山陵旁,想到今译丛书已基本完成,自然感到如释重负,但理智却使我们不敢轻松,我们期待着全书133部出齐之后专家、读者的评头品足。

1992年4月26日

(原载《中国典籍与文化)1992年第1期)

古代文史名著选译丛书(修订版)总目

丛书主编:章培恒　安平秋　马樟根

书　名	译注者	审阅者	定价/元
老子注译	张玉春　金国泰	安平秋	16.00
庄子选译	马美信	章培恒	18.00
荀子选译	雪　克　王云路	董治安　许嘉璐	19.00
申鉴中论选译	张　涛　傅根清	董治安	18.00
颜氏家训选译	黄永年	许嘉璐	15.00
论语注译	孙钦善	宗福邦	28.00
孟子选译	刘聿鑫　刘晓东	黄　葵	20.00
墨子选译	刘继华	董治安	14.00
韩非子选译	刘乾先　张在义	黄　葵	19.00
新序说苑选译	曹亦冰	倪其心	25.00
论衡选译	黄中业　陈恩林	许嘉璐	22.00
管子选译	缪文远　缪　伟	董治安	18.00
列子选译	王丽萍	周勋初　倪其心	19.00
韩诗外传选译	杜泽逊　庄大钧	董治安	24.00
盐铁论选译	孙香兰　刘光胜	黄永年	13.00
诗经选译	程俊英　蒋见元	刘仁清	19.00
楚辞选译	徐建华　金舒年	金开诚	15.00
贾谊文选译	徐　超　王洲明	安平秋	17.00
司马相如文选译	费振刚　仇仲谦	安平秋	11.00
文心雕龙选译	周振甫	黄永年	17.00
庾信诗文选译	许逸民	安平秋	18.00

书　名	译注者		审阅者		定价/元
嵇康诗文选译	武秀成		倪其心		18.00
谢灵运鲍照诗选译	刘心明		周勋初		18.00
陈子昂诗文选译	王　岚		周勋初	倪其心	14.00
李白诗选译	詹　锳	等	章培恒		22.00
高适岑参诗选译	谢楚发		黄永年		23.00
元稹白居易诗选译	吴大逵	马秀娟	宗福邦		21.00
柳宗元诗文选译	王松龄	杨立扬	周勋初		18.00
李贺诗选译	冯浩菲	徐传武	刘仁清		20.00
杜牧诗文选译	吴　鸥		黄永年		14.00
李商隐诗选译	陈永正		倪其心		19.00
唐五代词选译	亦　冬		董治安		16.00
唐文粹选译	张宏生		周勋初		18.00
晚唐小品文选译	顾歆艺		平慧善		15.00
黄庭坚诗文选译	朱安群	等	倪其心		18.00
辛弃疾词选译	杨　忠		刘烈茂		24.00
元好问诗选译	郑力民		宗福邦		20.00
宋四家词选译	王晓波		倪其心		16.00
黄宗羲诗文选译	平慧善	卢敦基	马樟根		15.00
吴伟业诗选译	黄永年	马雪芹	安平秋		20.00
方苞姚鼐文选译	杨荣祥		安平秋		20.00
明代散文选译	田南池		马樟根		22.00
顾炎武诗文选译	李永祜	郭成韬	刘烈茂		23.00
张衡诗文选译	张在义 韩格平	张玉春	刘仁清		16.00
汉诗选译	张永鑫	刘桂秋	金开诚		19.00

书 名	译注者	审阅者	定价/元
阮籍诗文选译	倪其心	刘仁清	15.00
三曹诗选译	殷义祥	刘仁清	22.00
诸葛亮文选译	袁钟仁	董治安	16.00
陶渊明诗文选译	谢先俊 王勋敏	平慧善	16.00
杜甫诗选译	倪其心 吴 鸥	黄永年	17.00
王维诗选译	邓安生 等	倪其心	20.00
刘禹锡诗文选译	梁守中	倪其心	20.00
孟浩然诗选译	邓安生 孙佩君	马樟根	18.00
韩愈诗文选译	黄永年	李国祥	20.00
欧阳修诗文选译	林冠群 周济夫	曾枣庄	20.00
曾巩诗文选译	祝尚书	曾枣庄	19.00
苏轼诗文选译	曾枣庄 曾 弢	章培恒	23.00
李清照诗文词选译	平慧善	马樟根	15.00
陆游诗词选译	张永鑫 刘桂秋	黄 葵	24.00
朱熹诗文选译	黄 珅	曾枣庄	20.00
文天祥诗文选译	邓碧清	曾枣庄	20.00
袁枚诗文选译	李灵年 李泽平	倪其心	20.00
王安石诗文选译	马秀娟	刘烈茂 宗福邦	18.00
二程文选译	郭 齐	曾枣庄	25.00
范成大杨万里诗词选译	朱德才 杨 燕	董治安	26.00
萨都剌诗词选译	龙德寿	曾枣庄	28.00
王阳明诗文选译	吴 格	章培恒	18.00
徐渭诗文选译	傅 杰	许嘉璐 刘仁清	17.00
李贽文选译	陈蔚松 顾志华	李国祥 曾枣庄	17.00

书　名	译注者		审阅者	定价/元
三袁诗文选译	任巧珍		董治安	17.00
王士禛诗选译	王小舒	陈广澧	黄永年	13.00
龚自珍诗文选译	朱邦蔚	关道雄	周勋初	13.00
尚书选译	李国祥 谢贵安	刘韶军 庞子朝	宗福邦	14.00
礼记选译	朱正义	林开甲	宗福邦	22.00
左传选译	陈世铙		董治安	22.00
国语选译	高振铎	刘乾先	黄　葵	22.00
战国策选译	任　重	霍旭东	李国祥	21.00
吕氏春秋选译	刘文忠		董治安	17.00
吴越春秋选译	郁　默		倪其心	19.00
史记选译	李国祥 张三夕	李长弓	安平秋	29.00
汉书选译	张世俊	任巧珍	李国祥	22.00
后汉书选译	李国祥 彭益林	杨　昶	许嘉璐	24.00
三国志选译	刘　琳		黄　葵	18.00
晋书选译	杜宝元		许嘉璐	15.00
宋书选译	漆泽邦	孔　毅	李国祥	19.00
南齐书选译	徐克谦		周勋初	18.00
北齐书选译	黄永年		安平秋	16.00
梁书选译	于　白		周勋初	17.00
陈书选译	赵　益		周勋初	17.00
南史选译	漆泽邦		安平秋	22.00
北史选译	刁忠民		段文桂	20.00

书　名	译注者	审阅者	定价/元
周书选译	黄永年	安平秋	15.00
魏书选译	杨世文　郑　晔	周勋初	22.00
隋书选译	武秀成　赵　益	周勋初	20.00
新唐书选译	雷巧玲　李成甲	黄永年	16.00
旧唐书选译	黄永年	章培恒	16.00
新五代史选译	李国祥　王玉德 姚伟钧	周勋初	18.00
旧五代史选译	贾二强	黄永年	17.00
宋史选译	淮　沛　汤　墨	曾枣庄	20.00
辽史选译	郭　齐　吴洪泽	曾枣庄	21.00
金史选译	杨世文　祝尚书 李文泽　王晓波	曾枣庄	21.00
元史选译	樊善国　徐　梓	马樟根	25.00
明史选译	杨　昶	李国祥	20.00
清史稿选译	黄　毅	章培恒	22.00
贞观政要选译	裴汝诚　王义耀	黄永年	18.00
史通选译	侯昌吉　钱安琪	周勋初	16.00
资治通鉴选译	李　庆	黄永年	16.00
续资治通鉴选译	徐光烈	安平秋	24.00
通鉴纪事本末选译	谈蓓芳	章培恒	21.00
洛阳伽蓝记选译	韩结根	章培恒	22.00
梦溪笔谈选译	李文泽	曾枣庄	20.00
徐霞客游记选译	周晓薇　等	黄永年　马樟根	17.00
宋代笔记小说选译	朱瑞熙　程君健	金开诚等	19.00
关汉卿杂剧选译	黄仕忠	刘烈茂	24.00

书　名	译注者	审阅者	定价/元
明代文言短篇小说选译	黄　敏	章培恒	23.00
六朝志怪小说选译	肖海波　罗少卿	刘仁清	21.00
世说新语选译	柳士镇　钱南秀	周勋初	23.00
水经注选译	赵望秦　段塔丽　张艳云	许嘉璐	19.00
唐人传奇选译	周　晨	曾枣庄	24.00
唐五代笔记小说选译	严　杰	周勋初	21.00
大慈恩寺三藏法师传选译	贾二强	黄永年	18.00
宋代传奇选译	姚　松	周勋初	22.00
聊斋志异选译	刘烈茂　欧阳世昌	章培恒	22.00
阅微草堂笔记选译	黄国声	安平秋	16.00
清代文言小说选译	王火青	周勋初	23.00
历代名画记图画见闻志选译	周晓薇　赵望秦	黄永年	17.00
容斋随笔选译	罗积勇	宗福邦	20.00
唐才子传选译	张　萍　陆三强	黄永年	24.00
西厢记选译	王立言	董治安	20.00
元代散曲选译	彭久安	刘烈茂　金开诚	21.00
日知录选译	张艳云　段塔丽	黄永年	22.00
桃花扇选译	张文澍	章培恒　段文桂	15.00
牡丹亭选译	卓连营	章培恒	14.00
长生殿选译	戚海燕	董治安	20.00